还是要抱着温暖的锅子说晚安

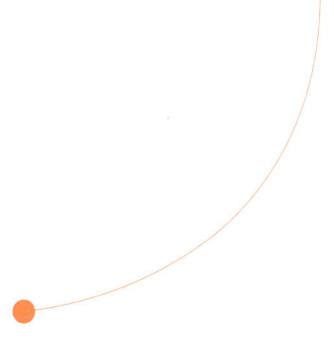

[日]彩濑圆——著

王蕴洁——译

上海译文出版社

目 录

一匙振翅 ~001

悲伤的食物 ~037

总汇披萨 ~077

飞越浓汤之海 ~105

相约泡芙塔 ~127

大锅之歌 ~159

一匙振翅

那个女人推开店门的瞬间，初秋罕见的温暖夜风吹了进来，在店内转了一圈。

"欢迎光临。"

"你好，我一个人。"

"吧台和桌子都可以，请随便坐。"

这家店很少有女客上门，她身上那件浅灰色风衣下露出了淡玫瑰色百褶裙的裙摆。她的五官并没有很出色，但散发出一种吸引众人目光的神奇魅力。这就是所谓的气质美女吗？她一头及胸的长发染成接近巧克力的素雅颜色，发梢微微卷起。微微下垂的眼尾和丰满的下唇很惹人喜爱。

店内有五名客人，所有人的目光都集中在她身上。不知道为什么,她用带着惊讶的眼神注视着站在吧台内的我很久。我定睛打量她的脸,想确认她是不是我认识的人,但我并没有长得这么可爱的朋友。

她犹豫了一下,移开了视线,在四人座的餐桌旁坐了下来。我拿着菜单和水杯走向她。

"请问你要点什么?"

"呃……我看到外面的菜单上有炖菜。"

"对,这里每天都供应两道炖菜,今天有俄罗斯酸奶炖牛肉和甜辣鸡翅卤蛋。"

"……嗯。"

她可能不太擅长说话,说起话来吞吞吐吐,而且回答时总是慢一拍。她点了红葡萄酒和俄罗斯酸奶炖牛肉。我在送葡萄酒时,把西兰花和明太子土豆色拉的小菜也一起放在她的桌子上,然后把炖菜装在很深的盘子里,送到她面前。

"如果你饿了,本店也提供面包和米饭。"

"不用了。"

开动了。她合起双手,然后垂下双眼,把筷子夹起的西兰花送进嘴里。她的睫毛很长。虽然正面看起来很文静,但稍微改变角度,她的脸显得稚气未脱。

啪答答。我听到了鸟儿拍翅的轻微声音。已经是晚上了,不知道哪里有鸟在飞。

那天之后,那个美女每周会来店里一次,每次都满脸疲惫地点一道炖菜,悠闲地喝两杯葡萄酒。她会根据炖菜的种类,有时候喝红葡萄酒,有时候喝白葡萄酒,但似乎并没有特别偏爱哪一种。她从来不会和其他客人闲聊,总是默默地吃完德国酸菜培根汤、油亮亮的土豆炖肉、猪五花白菜千层锅或是茄汁白肉鱼炖冬令蔬菜。

"对了,"我瞄了一眼账单上用潦草的字写着的微辣炖牛筋、红葡萄酒,输入收款机的同时,看着脸颊微红的她问,"你是不是不喜欢吃鸡肉?好像每次都刻意避开。"

"啊……我不能吃鸡肉。"

"喔,这样啊,真辛苦。"

是会引起过敏吗?客人中不时会有这样的人。为了谨慎起见,也许该告诉老板,要分开使用不同的菜刀、砧板和锅子。我把收据和找零的钱放在她丰腴的手上。虽然认识她有一段时间了,我现在才发现她的手很白,很细嫩。我羡慕地抬起头,发现她目不转睛地看着我。

"……我也可以请问你一个问题吗?"

"好啊,请说。"

"呃……店员小姐。"

她的视线在我胸前扫来扫去。我并没有戴名牌。

"啊,不好意思,我姓乃岛。"

"乃岛小姐,请问你是这家店的老板吗?"

"不是不是,怎么可能?我只是店员,你知道离这里不远的商店街上有一家乃岛精肉店吗?"

"是。"

"那家店的老板乃岛忠成也是这家店的老板,他是我的叔叔,店里的菜和傍晚的准备工作都由他一手包办。"

"……原来是这样。"

"有什么问题吗?"

"不,没有……"

她微微低下头,显得有点局促不安,语尾也被她吞了下去。

她虽然是大人,但有点像小孩子,看起来有点怯弱,或者说很不干脆。

在我脑海中闪过这个念头的下一刹那,有无数鸟儿拍翅的声音搅动了周围的空气,温暖的空气也包覆了我的脸颊,仿佛有好几层柔软、香气宜人的东西层层叠叠,好像有很多羽毛轻拂脸庞。我眨了眨眼睛。眼前当然没有这种东西,我和平时一样,站在深夜的收银台前,然后一下子忘了刚才在想什么。

"咦?"

当我回过神时,发现眼前的美女不知所措地抓着脸颊。她今天也很可爱。

"啊,呃,不好意思,谢谢款待。"

她轻轻鞠了一躬,走了出去。

"对了,最近有一个很可爱的人常来店里。"

"惨了,那我要去店里看看。"

"婶婶有希望回来了吗?"

一阵沉默。忠成叔叔好像看到了猎物,眯起了看向湖面的双眼。寂静的湖面宛如镜子,非但没有猎物,甚至没有一丝涟漪。

我卸下霰弹枪里的子弹,收进盒子,喝着装在热水壶里的咖啡。平时这里有很多水鸟聚集,但我们已经等了二十分钟,仍然没有动静。早知道应该同时带钓竿过来,我闲得都快睡着了。

"那些老主顾都很担心你,经常问我老板怎么了,是不是身体出了问题。"

"沙彩,我一直相信你不会出卖家人的隐私。"

"我当然不会告诉客人,你是因为在菲律宾酒店流连忘返,导致婶婶回了娘家,结果你为了照顾精肉店和两岁的儿子,忙得焦头烂额,以至于无法分身顾及好不容易开张的酒吧餐厅。这种家丑怎么可以外扬?"

"我不是付你打工费了吗?"

"这点我很感谢啦。"

啪沙。听到巨大的拍翅声,我立刻住了嘴。飞来的水鸟没有看湖面一眼,就向高空飞去。

"你今天不用照顾龙贵吗?"

"嗯,今天把他送去我妈那里。……去年静子生日时,我烤了鸭肉给她当作意外惊喜,她很高兴,不知道今天能不能打到鸭子。"

"不是送首饰道歉,而是送鸭子吗?"

"我刚开店,手上没钱。"

他在没钱的状况下还为了菲律宾酒店的女人当火山孝子,难怪静子婶婶气得火冒三丈。我忍不住同情起这个只有在新年和中元节时才会见到面的婶婶,将视线移向湖面,继续寻找猎物。这时,看到在离湖边三十米的树上,有一只山鸠。我立刻压低声音叫着忠成叔叔。

"有山鸠。"

"啊?在哪里?"

"就在那里稍微突出来的树枝上。"

"……和树干的颜色混在一起,看不清楚。"

"你的视力是不是变差了?"

我考取狩猎执照才一年,忠成叔叔已经有十年的资历,技术当然比我厉害多了,再加上今天无论如何都想有所收获,更希望交给他处理,但他磨磨蹭蹭,山鸠会跑掉。我重新装上子弹,举起猎枪瞄准,同时屏住呼吸,放松肩膀的力气以免手抖,然后扣下了扳机。

砰。尖锐响亮的声音响彻周围。树枝上的山鸠消失了。我捡起弹壳,急忙跑向那棵树,发现那只山鸠微微张开翅膀在地上躺平了。我把还有余温的那团羽毛交给忠成叔叔。

"那今天就用烤山鸠努力看看吧。"

"可以吗?"

"没问题。"

我点了点头,抬头看着微阴的天空补充说道:

"你赶快搞定静子婶婶,回来店里。"

"店里的工作很辛苦吗?"

"那倒不是,只是觉得这样下去,我就会一直留在店里。"

"我无所谓啊。"

"但是这样不行,我也该好好思考一下,不能一直依赖自己人帮忙,靠打工过日子。"

"沙彩,我觉得你可以活得更轻松点。"

忠成叔叔耸了耸肩说。亲戚中只有他会说这种话。

三年前，我从无人不知的知名大学毕业，进了一家无人不晓的知名企业，成为家族的骄傲，很多人都称赞我："沙彩，你真是一个孝顺的女儿。"但是，我在那家公司工作了半年就辞职了。父母和其他人表面上都很关心我，但从他们的言语之间，可以感受到他们的焦急和困惑。赶快找下一个工作。你应该在辞职之前，先找好下一份工作。不能在履历表上留下空白期间。好不容易进了一家好公司，为什么会这样？我从他们尴尬的笑容背后，听到了这些声音。

我在家茧居了将近一年，忠成叔叔雇用了我在他店里打工，同时又以狩猎需要帮手为由，把我带出了家门，我很感谢他，只不过忠成叔叔为我打造的生活圈只是暂时的，是只针对自家人、期间限定的舒适圈，现实更加严峻，我必须在忘记严峻的现实之前回到那个世界。

我连续摇了好几次头，笑着扛起行李说，去下一个点吧。

我已经好久没有在非假日的白天走进百货公司了。

我妈说，她想去看化妆品，于是叫我陪她逛百货公司。她说她看了广告，发现有自己想买的商品，但又担心那是针对年轻人的美妆品牌，所以似乎不敢自己一个人去。

"听说专柜小姐会教适合不同场合的化妆,你要不要试一试?"

"呃,不必了,太麻烦了。"

我对自己的外表并没有很在意,也觉得化妆并不好玩。无论脸蛋和衣服,只要维持某种程度的整洁就好。在忠成叔叔的店里打工时,我也只是画一下眉毛,擦一点口红而已。

那个专柜并不是在一楼的一大片化妆品区内,而是在四楼女士杂货区,似乎是针对敏感肌肤和干燥肌肤等肌肤问题开发的自有品牌。专柜内贴着木纹的壁纸,放了许多小盆的观叶植物,整个专柜有一种自然派的乡村情调。

"欢迎光临。"

听到专柜小姐的招呼声,我向她点了点头,漫不经心地看着入口附近的商品。不知道哪里点了芳香精油灯,飘来一阵清新的香气。货架上陈列着不同系列的肌肤保养品、头发保养品和化妆品。

我妈正在看含有橄榄油的头皮保养品,然后看向在收银台周围忙碌的店员。"来了。"把一头长发绑成马尾的女店员跑了过来,她穿着白衬衫和黑色长裤,腰上系着绿色围裙,大小不同的口袋里装了很多东西。

"我要买这个,还有我看到广告上说,你们可以提供化妆咨询,请问有哪些项目?"

"好，我去拿。"

女性店员立刻去拿了一块差不多 A4 大小的薄黑板走了回来，上面手写着针对高中生的重点妆，还有针对大学生的挑战妆，以及针对社会新鲜人的清新妆等针对各种不同族群的化妆套餐。我看到有一项是针对求职面试的战斗妆，忍不住想要叹气。因为我猜到了我妈内心打的小算盘。她每次都这样，完全不重视我的意见和想法，也根本不觉得需要在意。

"妈妈，拜托你，不要再费这种心思了，我不会试这种东西。"

"有什么关系嘛，反正不用钱，搞不好化一下妆，心情会变好。"

"我并不是说心情的问题……"

女性店员举起黑板，看着我们这对突然争执起来的母女。我看了看她的侧脸，发现我认识她。

"咦？你是……"

"啊？……喔，你是乃岛小姐。"

经常在深夜走进店里的美女瞪大了一双眼尾有点垂的眼睛，张大了嘴巴。

"你们认识?"妈妈意外地插嘴问。

"她是忠成叔叔店里的客人。"

"喔，原来是这样。既然你们认识，就更不必紧张了。这位小姐,你也帮我说说她,她之前在工作上稍微有点不顺利,就一直一蹶不振。既然有这个项目,就代表有很多和她差不多的客人来这里吧?所以今天请你帮她化一下妆。"

"妈妈,你别这样,她是我的客人。"

我忍不住尖声说话,和安静的百货公司卖场楼层很不相称。妈妈闭上了嘴。我终于回过神,缓缓转头看着美女。她并没有露出惊讶的表情,仍然一脸老实的表情拿着黑板站在那里。我看向她拿着黑板的白皙双手。

"……我不用化妆,但是,我可以试一下擦手……擦身体的保养品吗?"

"好,当然没问题。那你请跟我来,我们有沐浴乳、乳液,还有针对干燥部分的保湿乳霜、去角质化妆水,以及预防青春痘的爽身粉,有各种不同的种类,如果你有想要解决的问题,请你告诉我。"

"我都试试看,妈妈,你先回家吧。"

"你这孩子,真是的。"

妈妈夸张地叹着气,把手上的头皮保养洗发精拿去结账后就离开了。

"不好意思,我们刚才太吵了。"

"不、不,没这回事……啊,你请坐在这张椅子上。"

美女胸前的金色员工徽章闪闪发亮,用黑色的字写了"清水"这个名字。

我坐在她从货架下方拿出来的圆椅子上,和同样坐在椅子上的清水面对面。她从后方端出一个装了温水的脸盆出来,把我的右手浸泡在水里,用柔软的海绵沾湿了手上的皮肤,再将有花草香味的沐浴乳在手上搓出泡沫。

"这种沐浴乳可以去除角质,所以皮肤会变得很光滑。沐浴乳中加了具有放松效果的花草,所以在洗澡后更容易入睡。"

清水来店里时说话结结巴巴,但在介绍商品时的声音就像流水般顺畅。她用已经起泡的沐浴乳温柔地为我洗手,舒服的感觉让我脑袋忍不住放空,她扬起嘴角微微笑了起来。

"其实客人在店里和同行的人吵闹的情况并不罕见。"

"啊?是吗?"

"是啊,因为很多妈妈都会带女儿来这里,希望可以借此让拒学,或是在人际关系上出问题,或是因为各种原因陷入沮丧,对自己的外貌没有自信的女儿可以转换一下心情,但女儿经常会反抗说不需要化妆、不想要这样。"

"刚才真的太丢脸了……"

"不,你别这么说。"

清水为我洗完手后,把各种不同的化妆水和乳液滴在我手上,让我嗅闻味道或是感受摸起来的感觉。我喜欢一款有石榴成分、闻起来有酸酸甜甜香味的乳液。她把乳液均匀地擦在我的皮肤上，最后再用滑润的乳霜擦在我手上。经过她保养的右手光滑细腻，简直不像是我的手。左手和右手的颜色以及皮肤的光泽明显不同，只有右手微微发光。

"真不错。"

"如果你喜欢，我给你一些试用品，你可以在家里使用。"

虽然她并没有强力推销，但我很想要石榴乳液。清水看起来不会很强势，但很会做生意。我犹豫之后，拿了一瓶去结账，她没有帮我做集点卡，而是给了我九折的优惠。

"欢迎你改天再来店里。"

她在袋子里放了乳液和试用品，我接过袋子时对她说。她弯下两道眉毛，害羞地点了点头。

最近我经常看到各种鸟类，餐厅附近的树枝上站了一排陌生的小鸟，还看到一只鸟喙很长的翡翠色鸟，在旁边的月租停车场内蹦跳。酒吧餐厅打烊后，我独自在店里洗碗，听到许多鸟拍翅的声音，好像有一群候鸟飞进来一样。

每次清水来店里，就会有鸟的动静。

自从在百货公司遇到她之后，她比之前更频繁来店里。和以前一样，每次都点一道炖菜，喝两杯葡萄酒，不吃鸡肉。唯一不同的是，她不再坐在餐桌旁，而是坐在吧台前。

没有其他客人时，清水会娓娓诉说自己的故事。她从小在山边一个只有无人车站的乡下地方长大，小时候皮肤就很粗糙，也成为她自卑的原因。

"所以你才会做目前的工作吗？"

"对，我来到东京后，惊讶地发现果然有很多护肤商品。因为以前皮肤有问题时，忍耐是唯一的选择。只要努力寻找，就有办法解决真的太棒了。我兴奋地试了很多化妆品，然后就投入了这个行业。"

"我觉得很适合你。"

"谢谢，我也很喜欢目前的工作，也遇到很多像我以前一样烦恼的女生。"

"你以前很烦恼吗？"

"很烦恼，非常非常烦恼。"

清水耸了耸肩苦笑起来。她的脸颊光滑发亮，完全看不到以前皮肤粗糙的痕迹。她喝了葡萄酒，托着脸颊，眉头深锁。

"但是生意不好做，公司最近打算将品牌转型为针对中老年客户。"

"是吗？"

"对,现在还是高龄的客户有消费能力,虽然我也能够理解这一点。"

她皱着眉头,闭上了眼睛。她陷入了沉思,我听到了鸟儿拍翅的声音,好像有无数只小鸟在她的身体内。她每次隔着吧台向我靠近,拍翅的声音就像海浪般时大时小,这到底是怎么回事?

"……你喜欢鸟吗?"

"啊?鸟?"

"对,我说的不是鸡肉这些禽类的肉,而是鸟。"

"嗯,我很喜欢鸟,鸟对我来说很重要。"

她扬起两侧嘴角露出微笑的脸还是那么可爱迷人。

清水来店里之后,有不少男客都为她而来。已经退休的酒铺老板、补习班的老师和中途加入的三明治店员工这些老主顾,都比以前多光顾三成,所以最近店里的生意特别好,有时候炖菜甚至会供不应求。

"最近的初中生和高中生来补习班上课时竟然会化妆,是不是很惊讶?她们就是因为在意这些事,功课才没办法进步,所以我每次看到学生化妆,就把她们赶出教室,叫她们去卸妆把脸洗干净。当然也有学生会哭,但学生素颜最漂亮,所以要告诉她们这件事。而且年纪轻轻就化妆,上了年纪之后,皮肤不是会变很差吗?为学生的将来着想,也是大人的责任。"

这个补习班的老师经常来店里抱怨和学生的父母之间的沟通，但和清水说话时的语气总是很兴奋，语尾都会忍不住上扬。他平时说话方式就很独特，今天特别严重，也可能和清水说话时有点高兴得忘乎所以。我忍不住停下正在擦杯子的手看着他们，发现清水嘴角露出微笑，用温柔的动作点了点头。

"穿校服素颜的女生的确很可爱。"

"是不是这样？如果擦上口红，根本完全不搭，简直丑死了。而且她们的化妆技巧又差，都化得很浓。"

他应该从别人口中得知清水在化妆品专柜上班。他已经喝醉了，得意地把自己说成是很为学生着想的老师，清水面带笑容地附和着。我很想对他说，别再自以为是、多管闲事了，所以就放下正在擦的杯子转身离开。很快就有人点了新的菜，我把那些不愉快的谈话抛在脑后。每天有各种不同的客人来店里，如果要为站在吧台内听到客人说的话生气，那就整天气不完了。

所以，当她在收银台结账向我打招呼之前，我根本忘了他们聊天的事。

"什么？"

"不是啦，我是说……不好意思，我知道你听了很不舒服……我也觉得那种做法有问题。"

我差点想问她在说什么，然后才想到她是指刚才有关学生化妆的对话。

"呃……呃,该怎么说,你不必在意我。"

"但是……"

"只要客人开心就好,我怎么想并不重要……"

我看着在我面前皱起眉头、一脸为难的清水,忍不住想,她是不是感到不开心?她当时温和地附和老师的意见,现在又顾虑我的心情,她自己又是怎么想的呢?

我觉得她太在意别人了,根本不知道她到底在想什么。

我怔怔地这么想着,听到附近传来啪沙啪沙拍翅的声音。啪沙啪沙,啪沙啪沙。我被这种声音包围,温暖的风吹了过来。

"不好意思,让你费心了。"

我不知不觉脱口说道。没错,清水随时都很关心周围的人,真是太善解人意了。她很可爱,也很受欢迎,没有人讨厌她。只要有她在,整家店就沉浸在一种不真实的幸福之中,好像被一只大鸟用翅膀保护着。但是,清水向来不说会惹人讨厌的话,也许被这个好像温暖巢穴般的空间困住了,无法去任何地方。

一个月过去、两个月过去,我发现清水坐在吧台前向我倾诉的烦恼一直在原地打转。她认为重要的事不符合公司的方针,却又并没有具体想做什么。

"要不要向区域经理或是总公司反映一下呢?"

"不行不行,如果这么做,万一被认为这个员工不了解公司的理念,被盯上的话就惨了!嗯,我能够理解开发部的意见,他们也没错啦。"

她这么说服自己,但在两天后又抱怨说"有许多年轻人都喜欢那些商品"。她只会抱怨,并没有进一步的行动,避免和任何人发生冲突。清水虽然有烦恼,但她并没有因此陷入困境,她的周围总是有鸟儿拍翅的声音。

新年过后,我们这一票将近十个二三十岁的猎人一起去打猎。因为打到一头山猪,所以这次的交流会很热闹,我运气也很好,打到了鸭子。下午就在其中一名成员家的停车场宰杀猎物,用切下的肉和带来的蔬菜一起烤着吃。由于大部分人都是开车,只能用无酒精啤酒干杯,但气氛很轻松自在。

离开时,我分到了很多不同的肉,心情愉快地向大家道别。和这些在日常生活中完全没有交集的人聚会很轻松自在,可以把找工作、和家人之间的不愉快,或是没有答案的烦恼全都抛在脑后,尽情享受聚会的乐趣。

我开着我妈的小型车回家的路上,突然想到不知道忠成叔叔后来有没有让静子婶婶吃到鸭肉。今天我打工请假,他一定是把龙贵带去奶奶家,自己则久违地去店里看看。既然机会难得,那就分一点肉给他。我把车子停在招牌已经亮起的酒吧餐厅前。

我从保温冰桶里拿出鸭肉,打开驾驶座的门时,听到旁边有人叫我:"乃岛小姐吗?"转头一看,清水拉起大衣的领子站在那里,看起来很冷,她似乎刚下班。

"你好,你今天也来店里吗?"

"嗯,因为天气很冷,所以想吃你推荐的炖菜,但你今天似乎比较晚,现在才准备开店吗?"

"啊,不是,今天老板难得来店里,我今天休息。对了,如果你在家里也下厨,要不要分一些肉给你?即使你不吃禽类,还有山猪和鹿肉,都切成了薄片,吃起来很方便。不瞒你说,今天去参加了狩猎的聚会……其实是去打鸟,才刚回来。"

我说"打鸟"这两个字时,突然吹来一阵风。准确地说,是清水的身体吹起一股强烈的风,不知道什么东西发出啪沙啪沙的拍翅声,朝着远离我的方向逃走。我看不到任何东西,也没有任何东西,但清水的长发被风吹了起来,大衣的领子从肩膀滑落,好像被一股强大的力量拉扯下来。

"……咦?"

清水的刘海吹了起来,露出了白皙的额头,她拍着自己的身体,小声嘀咕说:"不见了。"

"什么东西不见了?"

"没事，咦……"

"鸟不见了吗？"

我随口说道，清水露出像小孩子般心虚的表情回头看着我问：

"你发现了？"

"当雏鸡或是鸭子躲在附近草丛中时，我都会察觉它们慌张的动静，刚才你身上也有相同的感觉。"

"喔。"

她重新拉好大衣的衣领，用手梳了梳头发，恢复了成年人的表情，微微低头苦笑着。

"我改天再来，等你上班时再来。"

"好。"

"晚安。"

我听着她的靴子后跟发出的声音，目送她的背影离去，走向店的后门。

两天后，清水很早就来店里。她像往常一样，头发梳得很整齐，虽然是傍晚，但她晶莹剔透的脸上化的妆完全没有花掉，她在已经成为她固定座位的吧台最深处的高脚椅上坐了下来。

"今天要点什么？"

"先给我白葡萄酒，等一下再想要吃什么炖菜。"

"好。"

我把白葡萄酒送到她面前,她喝了一口,然后垂眼看着泛着涟漪的表面。

她陷入了很长的沉默,就好像客人面对要去除骨头或是外壳才能吃的料理,不知道该从何下手。我想起了加了许多海鲜的马赛鱼汤。上次她吃马赛鱼汤时也吃得很开心。

清水又喝了一口葡萄酒,然后抬起头,撇嘴笑了笑,好像已经放弃她出色的方式表达。

"我是在初中二年级时遇到了那些鸟。"

接着,她娓娓诉说起来。

初中二年级似乎是她最痛苦的时期。

清水从小就觉得自己的思考和说话的速度比周遭其他小朋友慢。读小学时,每周五的第五节班会课都会讨论班上的问题,她通常整节课都不开口。从一年级到六年级的六年期间,她从来没有主动举手发言,如果被老师点到名,她就会说和前一位同学的意见相同,巧妙地回避表达自己的意见。被她提到的学生都会露出得意的表情,老师也希望讨论赶快有结论,所以总是点点头,并不会特别说什么。清水在班上是一个文静、不起眼的女生,很顺利地融入了团体之中。

为了逮住在走廊上奔跑的其他同学，就可以在走廊上奔跑吗？不理同学当然不好，但如果有自己讨厌的人该怎么办？同学在班会上活泼讨论的问题，在年幼的清水眼中，简直就像以惊人的速度互丢石头。她很纳闷，为什么大家能够这么快就选择答案？为什么能够那么自信地把自己的意见丢给别人？她总是看着那些勇敢举手表达意见的同学，觉得就像在水族馆看玻璃另一侧来回游动的鲨鱼。

但是，在她上了中学之后，发现那片玻璃突然消失了。学校开始重视个性和一贯性，要求每个学生表达自己的意见。班上有些聪明的同学会观察周围的人，判断谁强谁弱，然后改变自己的态度。

初中一年级时，班上的女生分成了两派，其中一派有许多参加运动社团的同学，另一派是爱漂亮、个性都很强的女生，这两派势力在班上说话都很大声，认为运动会时的分工不公平，两派势力吵了起来。班上的其他女生都不发表意见，避免倾向某一派而成为众矢之的，但清水还没有学会如何在说话时含糊其辞来保护自己。

"我觉得两种情况都差不多，时间不多了，所以最好赶快决定。"

两方人马在班会课上争执不休，老师随口请清水表达意见，她也就随口说出了当时脑海中浮现的想法，立刻发现教室内的空气凝结了。

有好几个女生马上举起手说：

"既然这样，那就请清水同学负责。"

"之前从来没有做过任何事的人，有什么资格高高在上地发表这种意见？"

"啊，城田同学哭了。"

"她之前超努力的。"

"你最好向她道歉。"

"清水同学，你要道歉！"

清水觉得喘不过气，好像周围突然没有氧气了，她按着胸口坐了下来。她把担任运动会干事、承受各方压力的城田同学惹哭了。但是，清水至今仍然不知道自己为什么成为众矢之的。那天之后，她整天提心吊胆，尽可能不引起别人的注意，也尽可能避免被老师点到名。即使如此，每次发现自己不经意说出口的话破坏了周围的节奏，还是感到心很累。

即使迎来春天，升上了新的学年，清水仍然和班上的同学保持距离，若非必要，她不会主动和任何人说话。中午吃便当时，也假装专心看书，独自坐在自己的座位上吃饭。

其他同学都觉得她是一个任性冷漠的人,在她习惯独来独往之后,也觉得或许真的是这样。自己个性差,脑袋不灵光,经常践踏别人。大家可能看穿了这么卑鄙的自己,所以才会讨厌自己。

她觉得学校生活很痛苦,初中一年级时参加了吹奏乐社,但她也常常请假。她的父母开了一家洗衣店,如果太早回家,就要在店里帮忙做事。她担心在店里帮忙时,会被刚好为家人跑腿的同学撞见。所以每天放学时,她总是第一个冲出教室,在晚餐时间之前,都在空无一人的河岸旁打发时间。

那是一条河面很宽,但水并不深的大河,水很清澈,站在桥上就可以看到水底。可能因为河里有很多鱼的关系,各式各样的鸟都在河边休息。天气晴朗的时候,河面在阳光照射下,闪烁着银色的波光,她每次脑袋放空地看着河水缓缓流向远方,就感到很安心。

春去夏来,暑假期间,她也每天都在图书馆和河边往返。因为没有其他地方可去,所以就在桥下的阴凉处写功课,腻了就拿出从家里带来的小喇叭吹了起来。即使发出噗、噗的声音,经常看到的那些鸟儿也不会逃走,相反地,也许因为熟悉了她吹的小喇叭声音,反而似乎对她有一种亲切感,好像在说:"怎么又是她?"清水为此感到高兴。

初秋的时候,一群候鸟飞来。那些候鸟似乎决定在河中沙洲的一棵大树上落脚，总是规律地在天空飞翔，好像充满了神奇的意志，傍晚时又同时飞回来。清水看着它们，和看着河流时一样感到心情平静。她噗、噗地吹着小喇叭，然后就看着鸟儿在天空中不停地勾勒出各种图案。

秋天慢慢过去，又到了学校运动会的季节，但清水已经不在意了。当气温下降，她就在校服外围上围巾，穿上大衣，走去一片枯草色的河边。

为什么自己无法像其他人一样领会班上同学在不知不觉中建立的默契，或是应该遵守的规定？她觉得什么也不想、只是静静流动的河流，以及步调完全一致的鸟，比班上的同学距离自己更近。清水看着在树木周围来来去去的鸟，忍不住流下几滴眼泪。这时，她发现那些鸟以和平时不同的角度飞去。

不知道是否因为她一直观察那些鸟的关系，清水很不可思议地发现，自己知道它们要去哪里，好像有一条肉眼看不到的线，把她和那些鸟儿连在一起。那些鸟儿要去比这里更往南、水更温暖的地方。

"不要走！"

她的脑子一片空白，不顾一切地叫喊着。下一刹那，鸟群颤抖了一下，它们在天空中盘旋后，像激流般飞进了清水的身体。

"隔天之后,很多事都和之前不一样了。即使在教室内,我也完全不感到寂寞,之前完全不了解的班上脉动之类的事,也一下子就看懂了。原本排斥我的人开始把我当成朋友,我也大致了解怎样才能够受欢迎,怎样才不会惹人讨厌。在那之后,我不曾再为人际关系烦恼,无论在哪里,都可以建立朋友圈。"

"……真不错。"

我坦诚地这么认为。这种能力真的太方便了。清水皱着眉头,勉强挤出了笑容。

"在上次它们被你赶走之前,我也这么认为。"

"啊?"

"它们被你赶走之后,到又重新回来期间,我难得自己思考。我已经很久没有自己思考了。"

清水看着黑板上的菜单。

"我今天要点芹菜鸡肉锅。"

"……没问题吗?"

"没问题。"

"那些鸟不会生气吗?"

"它们会生气,因为它们不喜欢,所以那天之后,我从来没有吃过鸡肉。"

"它们离开的话,你会很伤脑筋吧?"

"嗯，它们真的帮了我很多。……但是，一切都结束了。"

清水说完，用力深呼吸。她深深地吸气，吐了一口长长的气。

"虽然之前我最怕被人讨厌，但现在我更害怕无法决定自己的事。我发自内心这么认为。"

芹菜鸡肉锅是本店的招牌菜之一，除了芹菜和鸡肉这两大主要食材以外，还加了牛蒡丝，调味很清淡，最后用醋和麻油增添风味。食材都很有嚼劲，可以一口接一口吃个不停。

在她一脸深沉地吃着芹菜鸡肉锅时，有许多客人上了门，吃了各种料理，品尝了各种酒，聊了各种话题后离开了。清水吃完芹菜鸡肉锅后，仍然坐在吧台角落，平时只喝两杯就离开的她，今天继续默默喝酒，在我熄掉招牌灯时，她已经喝了七杯葡萄酒。

"你没事吧？"

我送走其他客人，问已经喝得酩酊大醉、趴在吧台上的她，她向来都很节制，我第一次看到她喝醉。她抬起通红的脸，微微点了点头。

"……我、我要结账……"

"清水小姐，原来你也是个有点不靠谱的人。"

"……呜。"

"你让我产生了亲近感。"

我扶着步履蹒跚的清水来到酒吧餐厅的二楼，二楼除了保管食材的房间以外，还有一间我和老板懒得回家时可以睡觉的三坪大房间。我让清水喝了水，为她解开衣服，让她躺在被子上。我也把两个坐垫对折后当做枕头，躺在她的身旁。

对不起，我听到她轻声地说。我摇了摇头说：

"放弃一直依赖的东西，内心一定很慌，这也是无可奈何的事。我想我们这种店的酒和好吃的料理，就是为了这种日子所准备的。"

清水闭着眼睛，什么话都没说。我仰望着在窗帘缝隙照进来的月光下，变成了白色的天花板。

"我从小无论在功课还是运动方面都比别人厉害，在班上也一直都属于说话很大声的那一群，所以觉得这都是理所当然的事。如果我在读初中或是高中时和你同班，一定会看不起你，也不会和你当朋友。"

清水没有回答。她可能已经睡着了。我继续自言自语。

"所以，当我发现自己无法融入社会时，我惊讶不已。到处都是烦心的事，完全看不到自己可以生存的路，但是，如果只是辞职，就觉得好像认输了，所以觉得很丢脸，最后有了身体出状况这个理由，才终于辞职了。在辞职之后，又发现好像被自己绝对不该去露脸的小圈圈排斥了，内心很害怕，但更害怕自己还没有搞清楚是什么状况，又跑回去当上班族。"

不知道哪里传来鸟儿拍翅膀的声音，时远时近，像海浪般包围了我们。

"如果换成是我，就不敢放弃，所以你决定要舍弃那些鸟，我觉得你很了不起。"

"……我不知道明天的自己会变成什么样，搞不好变得很迟钝，让你觉得很烦躁。"

清水刚才很安静，但似乎听到了我说的话。我想了一下后说：

"即使被我讨厌，也无所谓啊。"

"这……我不太愿意。"

清水轻轻笑了笑，再度闭上了嘴。她这次似乎决定要睡觉了。

我好像也睡了片刻。

啪沙啪沙。耳边响起了巨大的拍翅声。

我睁开眼睛，周围是一片昏暗的蓝色。清水发出均匀的鼻息，肉眼完全看不出有任何变化，但可以感受到附近有很多动静。

月光映照的墙壁角落，有无数只鸟的影子。那些鸟离开了清水的身体，在天花板附近缓慢盘旋。蓝色的影子晃动闪烁，被翅膀搅动的空气颤抖着。

这完全不会令人感到不舒服，就像是巨大的风，或是巨大的河流一样，只是力量的流动。如果喜欢，可以靠近；如果不喜欢，可以远离。看起来就是这种感觉。也许抗拒我和清水的，其实就是这种性质的东西。

我躺在地上,双手做出了举起霰弹枪的动作。我夹住腋下,微微抬头正视前方,然后轻轻弯曲右手食指。

虽然我手上并没有枪,但确实有扣扳机的感觉。

砰!巨大的声音响起,那些鸟被吓得飞了起来。它们穿越天花板,从夜空中离去。它们应该会去水更温暖的好地方。我竖耳细听着鸟儿飞向远方的声音,又再度睡着了。

天亮时,我把清水叫醒。她的脸看起来又胖又肿,她在我背后照镜子,沮丧地说:"这要怎么面对客人?"

"你要不要冲个澡?促进一下血液循环,也许会好一点。"

"真的太不好意思了……"

她去附近的便利商店买了内裤,冲完澡后开始吹头发,准备去上班。她借用了我的乳液和隔离霜,化完妆的脸似乎和平时有点不一样,但我不知道是因为鸟离开了她的关系,还是其他原因。

我在店门口目送她去上班,虽然她的衬衫有点皱,但脸上的表情完全是成年人。她露出紧张的神情转过头问我:

"我看起来和之前有什么不一样吗?"

听到她这么问,我从头到脚打量着她。

"我也不太清楚,好像有点不一样,但又说不上来。"

"是喔……"

"但是讨人喜欢的感觉。"

清水的喉咙发出了嘿嘿的笑声,从玄关离开了。两分钟后,她一脸害羞地跑回来说,她忘了结昨晚的账。

那天之后,清水以和之前相同的频率来店里。她任职的专柜最近举办了各种不同的促销和活动,吸引了许多中学生客人,业绩也顺利成长,所以她向主管提出,希望不要缩减给年轻人的商品。

"如果不行的话也就算了,到时候再想其他办法。"

她一边吃番茄鸡,一边用轻松的语气说道。她的确和以前不一样了,说白了,就是她不像以前那么有人缘了。以前吸引各种不同类型男客人的温暖感觉消失了,我突然发现清水其实并没有很漂亮,但直到最后都一直在她身旁打转的补习班老师似乎很认真地追求她,结果被她拒绝了。

她那么有异性缘,没想到她苦笑着告诉我:"这是第一次有人认真向我告白。是不是不被任何人讨厌,也意味着不会被任何人选中?"

"可能就是没有个性。那个老师很喜欢支配别人,或者说喜欢照顾别人。比起之前的你,也许他更喜欢现在有点少根筋的你。"

"拒绝他是不是太可惜了?"

"啊,原来你并不讨厌这种类型,既然这样,为什么拒绝他?"

"嗯。……如果我说出来,你不会笑我吗?"

"啊?什么?我不会笑你。"

已经快打烊了,清水一口气喝完了杯子里剩下的第二杯葡萄酒,耸了耸肩说:

"我一直对恋爱之类的事无感。因为之前身上有鸟,也许我的心思全都在鸟上,但是,我来这家店,第一次看到你的时候,我发现那些鸟在发抖,好像很躁动。"

"……这不是因为它们基于本能怕我吗?"

"我想也是,但起初我并不知道这件事,搞不清楚为什么每次看到你会这么躁动,会这样心跳加速,直到最近我才想到……这会不会是恋爱?"

"啊?对我吗?"

清水似乎觉得很好笑,呵呵呵笑得连后背都颤抖起来。

"是不是很好笑?"

"我还会再来。"清水带着微醺,心情愉快地离开了。我目送她的背影离去,关掉了招牌的灯。

今天也有许多客人上门。平时总是带孩子一起来店里的一对夫妻,今天难得两个人单独前来,而且还精心打扮了一下,像情侣约会一样喝葡萄酒。三个看起来像大学生的男生坐在吧台前，有点装模作样地喝着威士忌，聊着考试可能会被当。已经退休的酒铺老板被认识的房屋中介推销房子，说是有助于节税，他正为此伤透脑筋。清水又无厘头地向我告白。我的嘴角忍不住上扬，一边计算着今天的营业额。确认了冰箱里的物品和食材状况后，打了忠成叔叔的手机，向他报告今天的情况。

"喂……"

忠成叔叔可能在龙贵的卧室附近，他接起电话时，好像在说悄悄话般压低了声音。我也跟着他小声说话，向他报告了今天的营业额和用完的食材。过了一会儿，他似乎离开了卧室，声音也恢复了正常的音量。

"我了解了，辛苦你了，那明天也拜托了。酒铺会在四点的时候送货过去，你记得去收货，还有其他事吗？"

这时，我感觉背后有一股力量推了我一把，我还来不及思考，就已经开了口。

"忠成叔叔，下次想要向你请教一件事。"

"嗯？"

"要怎么开店？"

一阵风吹来。既像是河流，又像是一大群鸟，有一股肉眼看不到的力量把我推向别处。

我听着忠成叔叔说话，关掉了店里的灯，然后看着一片漆黑、寂静无声的店里。一切都在改变。清水和其他客人迟早会离开这家店，明天的我也将和今天的我稍微不同。我轻轻笑了笑，走上二楼。

悲伤的食物

虽然是四月，旋转木马的音乐却是圣诞歌曲。虽然不知道那首圣诞歌曲的名字，但听着八音盒发出的淡淡音色，我也可以想起"Merry Christmas and Happy New Year"的副歌歌词。那是谁唱的歌？因为有很多歌手翻唱，所以想不起原唱歌手的歌声。

我拿起杯子，对着并不怎么烫的咖啡吹了一口气，想要化解眼前的沉默。装了金色马鞍的白马、鼻子上的油漆已经剥落的栗色马，以及像红色皇冠般的旋转木马屋顶，还有周围的树木，所有的一切都笼罩在白色的雾雨中，只有我们坐的露天座位因为有阳伞的保护，所以没有被淋湿。

走进这家咖啡店时，因为外面在下雨，所以我请灯进去室内的座位，但她想了一下后摇摇头，指着木头的露天咖啡座说："这是我第一次到旁边有旋转木马的咖啡店。"因为下雨而显得有点阴暗的店内没什么客人，只有一个看起来像是老主顾的老妇人独自坐在咖啡店深处的座位，正在看一本包了书套的文库本。

我喝了一口已经变温的咖啡润了润喉，看向被乳白色帘子包围的木马，绞尽脑汁寻找下一个话题。今天的约会超惨，原本想去远一点的地方兜风，结果高速公路因为正在进行修补工程，导致沿途大塞车。原本想去的玻璃工艺美术馆也临时休息，我慌忙用卫星导航系统找到了观光园区，在停车场刚停好车，就下起了雨，而且观光重点的香草园也因为换种其他香草而关闭。今天我们从早上就在一起，但灯一直坐在狭小的副驾驶座上陪我开车。

虽说是观光园区，但空间并不大，园内只有香草园和目前因为不是花季而关闭的玫瑰园、本地蔬菜直销所，以及像是后来为儿童补建的小型旋转木马。喝完咖啡后要去哪里？今天一整天都毫无收获，让她就这样回去没问题吗？还是无论如何，都该再找一个地方去玩一玩？她坐了一整天的车子，会不会觉得累了？我在思考该怎么启齿时，嘴唇变得僵硬，就无法开口了。我看着坐在圆桌对面的灯的侧脸，她双手捧着还剩下半杯可可的杯子，背靠在椅子上，用轻松的姿势注视着旋转木马，嘴唇微微绽放笑容。

我顺着她的视线，再次看向雾雨中的木马。刚好有一对父女走向旋转木马，父亲递了三百元给工作人员，把应该还没有读小学的女儿抱上白马。撑着红色雨伞的母亲拎着露出萝卜叶的塑料袋，在旋转木马旁等他们。他们应该是来这里买蔬菜。灯饰更明亮了，梦想的木马随着"Merry Christmas and Happy New Year"的歌声快速奔跑。那个女孩表情严肃地抱着木马的脖子，坐在旁边马车上的父亲一脸愉快地注视着女儿的侧脸。当旋转速度加快时，红色皇冠发出了蜜色的光。

"我很喜欢旋转木马。"

灯用像雨声般安静的声音小声说道。我很感谢她提供了话题，附和说：

"等一下要不要去坐？虽然有点害羞。"

"不用了，我喜欢呆呆地看着这种热闹的东西，自己坐会感到心神不宁。"

是吗？我忍不住偏着头，觉得她这句话听起来很悲伤。

灯一脸愉快地看着旋转木马，咖啡和可可都完全冷掉了，但周围的空气就像盖上薄毛毯般舒服。原来也有这样的沉默。我忍不住在心里嘀咕，重新注视灯的侧脸。如果问我她是不是美女，我也不太清楚。她眼睛很大，但眼皮是有点浮肿的单眼皮，鼻子的形状也很圆。整体看起来很瘦，染成淡棕色的头发剪成偏短的波波头，看起来有点中性，脸上的妆容也很淡。我之前都被长发、丰满、看起来很亮丽的女生吸引，她算是和我喜欢的类型完全相反。但也许我喜欢的是她喝可可的瞬间，低下头时，脸上浮现的那种难以形容的恬静感觉，就像是独自走完漫长的小径，翻山越岭，走过河川，终于见到了寻寻觅觅的人，也像是星星落在手掌上，这种幸福的预感，让冰冷的指尖渐渐温暖起来。

我在时下流行的料理教室联谊时认识了她。料理是我的兴趣，能够让我摆脱工作的紧张，所以我也能够轻松地参加联谊。灯一下子不知道怎么用菜刀，一下子不知道怎么处理鱼，我在帮她忙后，两个人也熟悉起来。第一次约会时，我们在下班后约了一起吃晚餐，第二次相约一起去看晚场电影。今天的第四次约会，我发现自己慢慢地，以和旋转木马相同的旋转速度被灯所吸引。

欢颂平安夜的旋律越来越小声，旋转速度慢下来的木马变成了被雨淋湿的木制品。她好像从梦中醒来般喝着可可，我注视着她，僵硬的嘴唇吐出了一句话。

"回家的路上要不要去买甜甜圈？"

"甜甜圈？"

"对啊，第一次见面时，你不是在自我介绍的单子上写你很喜欢吃面包吗？虽然会绕一点远路，但我想起附近有一家店用豆渣做的甜甜圈很好吃，之前电视上也介绍过。我想用导航系统搜寻店名，应该就可以知道在哪里。"

"面包……喔，对喔，你竟然还记得？"

灯有点害羞地笑了笑,放下了喝完可可的杯子。我尽可能假装不经意地牵起她的手站了起来。我第一次摸她的手,发现她的手很冰,像陶瓷一样光滑。

接下来的五个月,我们越走越近,灯的公寓租约刚好到期,于是我们就一起租了新的房子开始同居。位于租赁公寓四楼的房间有一个开放式厨房兼餐厅,还有四坪大的和室、三坪大的西式房间,房租并不贵,而且站在阳台上就可以看到多摩川沿岸的樱花树。房屋中介说,春天的时候,不用出门就能够赏樱。这句话让我们下了决心,决定租下这个房间。

"透,我可不可以提一个要求?"

在堆积如山的纸箱终于都拆完的晚上,我们用啤酒和葡萄酒庆祝彼此的努力,灯从公文包里拿出一张纸,口齿不清地继续说了下去。

"透,我想拜托你一件事。我不会提其他任性的要求,但希望你可以答应我这件事。"

"你说得太夸张了,什么事?"

"你可以为我做这个吗?只要偶尔做给我吃就好。"

她递给我一张做面包的食谱。上面是手写的文字,不知道是不是从笔记本上影印下来的,字的背后有淡淡的横线。标题是

"毛豆芝士面包",看制作步骤,并没有很难。只要把高筋面粉和鸡蛋等材料放进灯在搬家时带来的面包机发酵后,把冷冻毛豆放进去分成小块,再进行二度发酵,最后撒上芝士,放进烤箱就完成了。我对自己灵巧的双手很有自信。

"好啊,那我就来做。"

"太开心了。"

"你很喜欢这种可以当下酒菜的面包。"

"因为我小时候经常吃,只要有这种面包,我就会感到很安心。"

这就是所谓妈妈的味道吗?既然是经常吃的面包,口感很清爽的咸面包比红豆面包之类的甜面包更适合。她央求我做面包给她吃,感觉像小孩子的愿望,让我觉得有点害羞,我咬住了脸颊内侧,避免自己笑出来,然后把那张食谱对折后,放进厨房的抽屉里。背后传来她有点兴奋的声音。

"你也可以提一个要求。"

"我吗?不用了。"

"不管是多无厘头的要求都可以。"

无厘头的要求?我迟迟想不到有什么要求,打量着还不太有生活味道的房间。刚组合好的书架上,所有的书都按照书背高度整齐地排列。书架总共有三层,第一层是我们分别带来的漫画,中间那一层是我因为喜欢而搜集的推理小说，最下面一层是灯订阅的生活情报杂志。我打量着五颜六色的书背。

"那我们要不要每个月找一个假日去图书馆？"

我喜欢和她在一起不说话的感觉，但直接说出来太害羞了，所以我用这种方式表达。灯瞪大了眼睛，露出了"你只提这种要求？"的表情，然后点了点头。

我想制作有形的东西。这是从学生时代开始，在我体内像河水般流动的一种冲动。那条河的水量并不丰沛，我并没有崇拜哪一位建筑师，也没有什么明确的故事决定了我的这种志向，只是我在面对各种选择时，对有形东西的某种隐约的好感就会在我耳边细语"我想做这个""感觉这比较好玩"，告诉我该选择的路。学生时代的文化节活动时，我每次都是做幕后工作，在搭建鬼屋或是演舞台剧用纸板箱做布景时，我都会主动举手。打造以前这个世界上没有的东西，让它们有了具体的外形，就可以吸引他人。"高岛，你的手真巧。""啊，看起来真的很像城墙。""供养死者的卒塔婆的颜色是不是该更深一点？"在不断累积类似的经验后，渐渐有了想要制造很大的东西的愿望。越大越好。

我从大学工学院毕业后，因缘际会进入一家主要生产升降机的公司。升降机有许多种不同的类型，从电梯到表演会场的升降舞台、悬吊设备，以及家庭电梯，那家公司生产所有载物升降的机械。

我被分配到规划部，第一个参与的项目就是一栋六层楼公寓的电梯。在前辈的严格指导下，经过一次又一次修正，看到纸上的设计终于立体地呈现在眼前的那一天，我兴奋不已，明明没有事，却一直在刚建好的公寓周围走来走去，看着住户从入口走进公寓的背影。之后又画了车站、医院、养老院，以及很多普通公寓的电梯图。

我三十岁时，第一次有机会接"大房子"的项目，那是为坐落在涩谷最热闹区域的剧院设计舞台地板，剧院委托我们制作将演员或道具推向舞台的升降平台。考虑到是在表演时使用，运转的噪音必须比普通的电梯更小，而且必须提升停止时的精确度。虽然这些要求让我伤透了脑筋，但最后顺利完成，当我身为工作人员之一参加剧场的竣工仪式时，我充分感受到幸福，觉得自己的身体膨胀得像整个剧院那么大。如果说，建筑公司建造了建筑物的外壳，就像是人类的骨骼和肌肉，我们这种生产设备的公司制造的就是内脏器官。两者合在一起，才能够成为发挥功能的巨大生物。

"我曾经做过那个剧院的项目，就是目前在演《茶花女》的那个剧院。"

虽然不同的时期表演的剧目不同,但无论对老家的父母、好久不见的高中同学,或是联谊的对象这么说,大家都会恍然大悟地点头,有时候也会听到"好厉害"的称赞。我可以轻而易举地让别人知道我做的工作,以及在建造多么巨大的东西。人尽皆知的庞大建筑不需要更多的说明。

剧院完成至今已经四年,我目前正在设计即将在原宿开幕的一家三十层楼饭店的客用电梯,我已画好了规划图,进入在工厂监督制造的阶段。

在大部分工作人员都已经回家的深夜,我打量着在工厂角落试做的长一百四十厘米、宽一百三十五厘米,可以承载七百五十公斤重量的电梯样品,想象着这个箱子会快速升到一百米高处。电梯周围使用了玻璃,因为饭店方面提出"希望可以让客人享受好像飘浮在半空中的感觉",而且饭店方面还希望让客人可以看到星星,所以顶部也使用了玻璃,当初为了电梯门的开关装置要放在哪里想破了头。

"你一个人在笑什么?"

身穿工作服的制造主任冈部摸着脸上的胡茬,走过来问我。他在这家公司有十五年的资历,经验很丰富。我刚进规划部时画的规划图错误百出,他经常指出我的问题,我在他面前至今仍然抬不起头。他带着两名刚进公司不久的年轻下属,不知道是否是来确认样品。他一只手遮住了上扬的嘴角,我窘迫地移开了视线。

"我才没有笑。"

"你在这里刚好,我有事想确认。今天追加了装上轮椅人士专用操作面板的要求,是没有问题,但因为全都是玻璃,所以电线不是全都看得一清二楚吗?对方知道这件事吗?"

"那里会装专门藏电线用的盒子,目前已经请设计部提出了几个设计方案,只要饭店方面同意,我就会把修正的规划图交给你。"

"该不会之后又提出要装给老人用的扶手吧?"

"这件事已经确认过了,只要增加操作面板而已。"

冈部连续点了几次头,在手上的资料上写了起来,然后转头看着身后的两个年轻人,向他们说明如何将油压组件装在眼前的电梯上。两个年轻人在做笔记后问了几个问题,冈部回答了他们的疑问。

我听着他们三个人的对话,突然有一种莫名的焦虑,感觉到自己的呼吸变得急促起来。那两个年轻人说话的速度很快,我有点听不清楚他们说话的声音。而且一个人在发问时,还没有问完,另一个人又急着发问,说到一半又自己找到了答案,自问自答起来,说话的内容也缺乏一贯性。然后又问了油压组件的种类、配置方法的问题。为什么这次不采用钢索式?全玻璃电梯的耐震性没有问题吗？什么？法律改了吗？但上次部长还是这么说。原来站在不同的角度，就会有不同的解释。对了，生产这个组件的工厂换了一家吧。没错，没错。他们说话像开机关枪，我很佩服冈部竟然有办法应付。原本我打算向他们追加说明我负责设计的部分，但他们三个人说话跳来跳去，我费了九牛二虎之力才能够跟上他们的速度，迟迟无法开口。有时参加发言踊跃的会议，也会遇到这种情况。和说话节奏不对盘的人在一起，即使一对一也会发生这种找不到表达意见时机的情况。

"你有没有什么要补充的？"

冈部突然问我，我眨了眨眼睛。如果他在十秒之前这么问我，我刚好有话想说，但现在没必要特别提起。我迟疑了一秒钟，可以感觉到原本像三颗杂耍般丢得很顺畅的球，到我手上后就停了下来。我动作生硬地摇了摇头，好不容易挤出"没什么特别需要补充的"这几个字。冈部轻轻点了点头，然后对那两个年轻人说了声"要好好复习"，就让他们离开了。我以为冈部也要离开，没想到他留在原地，看着电梯样品。

"听说你要调去新部门？"

他不经意地问，我猜想他在找机会问我这件事。

这几年，公司除了升降机以外，也在积极拓展其他生产领域。虽然不知道是否会如传闻所说成立新的部门，但前几天聚餐时，规划部的上司的确拍了拍我的肩膀说:"你要做好准备。"

"是,但还没有决定。"

"你想去吗?"

"不管我想不想去,都是上面决定的事。"

"你还真干脆啊,你不会舍不得升降机吗?"

"不……我喜欢巨大的建筑,虽然也很想制造水坝的电梯。"

"嗯,做那种大建筑物的机会并不多。"

"是啊,所以……该怎么说,虽然没有机会做水坝,但也曾经参与过小有名气的大建筑,所以内心觉得这样也好。"

"原来是这样。"

我们之间陷入了舒畅的沉默。冈部又抓了抓脖颈,从夹克口袋里拿出两罐咖啡,把其中一罐递给我。

"不要随波逐流,无论被调去哪个部门,都要努力引导趋势。"

"什么意思?"

"就是叫你不要愣头愣脑。辛苦了,我先下班了。"

他向我挥着手,身穿夹克的背影渐渐离去。

我愣头愣脑吗?我在手掌上把玩着他送我的那罐咖啡,关掉了工厂的灯。

我去松屋买了牛肉饭和味噌汤回到公寓,房间很暗。我以为灯先睡了,但卧室也不见灯的身影。她每个星期五晚上都会加班。

对其他工作的人来说，星期五晚上是一个星期中最幸福的时间，却是服务业最忙的时候。我今年三十五岁，她比我小五岁，在涩谷车站前一家年轻人取向的服装店当店员。由于我们回家的时间不一样，所以晚餐大部分都是各自吃。洗衣机里有不少脏衣服，我开始洗衣服，然后坐在和室的矮桌前吃牛肉饭。打开啤酒的拉环，又打开电视，用遥控器转台时，刚好看到在实况转播足球比赛，于是就停了下来。

晚上十点多，灯还没有回家。因为我无事可做，于是就从厨房的抽屉里拿出那张食谱。材料是高筋面粉、砂糖、盐、鸡蛋、奶油和酵母粉，最后还有冷冻毛豆和芝士。虽然我微醺的脸颊有点热，但还是去了营业到深夜的超市，买了材料后，看着面包机的说明书，按照食谱上的分量，把面粉和奶油放进长方形容器中。只要把毛豆放在面包机上方附盖子的投料盒，在面团揉好后，就会自动混合。同样身为制造机械的人，不禁觉得这种设计太优秀了。准备就绪后，按照食谱完成了第一次发酵之前的工作，然后按下了开关，面包机就发出了嗡嗡声。

我配着刚才去买材料时顺便带回来的意式香肠又喝完一罐啤酒，把洗好的衣服挂在窗帘轨道上，洗完澡后，听到厨房传来了哗噜噜噜好像老鹰叫声的电子声。

一打开盖子，甜中带苦，好像酒精蒸发的味道扑鼻而来，面团膨胀成原本的两倍，夹了一些毛豆的绿色褪去后的白色物体。蓬松的质感让我忍不住伸出手指戳了一下，觉得好像含了大量温水的麻糬，这种陌生触感让上手臂有点痒痒的，柔软到令人不安。我按照食谱，在干砧板上撒上面粉后，再把蓬松Q弹、快要从手上滑下来的面团放在砧板上。

我费了很大的功夫，用黏糊糊的切菜刀把面团切成八等份时，玄关的门打开了。"我回来了。"灯叹着气，发出了疲惫的声音。

"你回来了。"

"啊，面包的味道。"

"是啊，明天休假，所以我想试做看看。"

食谱上写着要把面团揉成圆形，我就像做饭团时一样，把面团放在手上滚动，但切口的地方粘在手掌上，无法顺利揉成圆形。灯拿下披肩后，在一旁踮起脚，探头看了过来。

"太厉害了！你做的面团很成功。"

"是面包机做的。"

"这样揉会比较轻松。"

灯洗完手后，在手上撒了些面粉，然后拿起切下的一片面团，移到撒了很多面粉的地方，接着把手指张开成碗形，好像握鼠标一样轻轻放在面团上。手一直维持碗的形状，缓缓画圆，让面团在手掌中滚动。在我手上完全不听使唤的面团渐渐失去了棱角。

"只要稍微收起手指,面团就会进入内侧。"

"你好会揉。"

"有吗?"

"你自己也常做吗?"

"我很少做,我喜欢别人做给我吃。"

我用生硬的动作揉着面团,突然发现灯说话的声音很清晰。也许我欣赏的是她那种既不会太高,也不会太低,有点沉稳的说话方式,听她说话不会焦虑,心情可以很平静。这是不是所谓的缘分?将面团塑形后再静置十分钟,撒上芝士后,放进了预热过的烤箱内。刺鼻的酵母味渐渐变淡,飘出了小麦的香气。在十二点整时烤出了金黄色的面包,我和冲完澡的灯站在厨房各吃了一个刚出炉的面包。

好吃。灯眯起眼睛,好像金鱼一样小口咬着面包。虽然她很满意,但我觉得里面太硬了。是不是面团揉过头了?我拿起食谱,重新看着步骤。灯说要把剩下的六个放进冷冻库,晚回家时可以当宵夜吃。我没有理由拒绝,就点了点头说:"好啊。"

之后,灯几乎每天都会吃一个解冻后变得很松散的面包。吃面包的时候,她既不看杂志,也不听CD,只是淡淡地咀嚼着。我觉得她并不是因为好吃,也不是因为是男朋友做的,所以才吃,在她周围有一种麻木的感觉。

"真的好吃吗?"我忍不住问。

"嗯。"灯用像小孩子般的动作点着头。

隔周星期五,我发现冷冻库里的面包已经吃完了,我问灯:"还要再做吗?"戴着暗红色围巾配暗红色靴子的她在门口转过头,面带笑容地央求说:"我希望你做给我吃。"回家后,我在揉面时提醒自己不要把面团揉过头。第二次做得很成功,外皮咬劲十足,里面蓬松柔软。灯对家里有面包味感到乐不可支,然后我们又高兴地把吃剩的面包放进了冷冻库。

日子一天一天过去,秋天结束了,街头吹起了干干的冷风。我在生产电梯的同时持续烤面包,而且技术也越来越好。因为我已经很拿手了,所以向灯提议,偶尔要不要放其他食材,灯每次都很干脆地摇头说:"我只想吃这种面包。"

十二月底,灯位于八王子的老家要举办捣年糕会,也邀请我们一起参加。听说都是她的阿姨、姨丈和他们的孩子参加,也就是她妈妈娘家的亲戚。灯难得兴奋地拉着我的手说,男丁去那里会很受欢迎。

那天早上,灯花了两个小时挑选回老家时要穿的衣服。她双手分别拿了两件针织衫,轮流放在胸前问我,你觉得哪一件比较好看,但我根本看不出两件衣服有什么不一样。

"都好看。"

"你觉得哪一件看起来像是好好过日子?"

"好好过日子?"

灯的双手分别拿着白色V字领和深蓝色圆领、领口有金色刺绣的两件针织衫。两件针织衫的轮廓都很清爽,感觉很清凉,和她平时上班时穿的那些镶了毛皮或是钉了钮扣、主张很强烈、带有乡村味的衣服很不一样。

"你为什么要在意这种事?"

"我那些阿姨对别人穿的衣服很挑剔。"

"什么意思?我也要刻意打扮一下吗?"

"喔,我已经帮你准备好了。"

灯从洗衣店的纸袋里拿出套了塑料袋的条纹衬衫和西装裤。两件都是新买的,很合身,没有任何装饰,看起来很清爽。最后,她选了白色针织衫配橄榄绿的及膝裙。她在镜子前确认了半天,最后说了声"好",为自己打气。

我们在东京车站换车时买了伴手礼,然后搭上中央线。有人开车到八王子车站来接我们。一个身穿卡其色运动夹克的高大男人靠在小型厢型车上,向我们举起一只手。他的年纪应该和我差不多,眼尾有鱼尾纹。

"嗨嗨,我在这里。"

他是我表哥阿彻。灯小声对我说,抓着我的手肘,走向车子的方向。那个男人对灯笑了笑,立刻向我伸出一只手说:

"我是彻夫,很高兴认识你。"

"很高兴认识你。"

"他很帅啊,这下阿姨们没办法太平了。"

"阿彻,那你要帮他解围。"

彻夫的车子后座上绑着白色兔子娃娃,那是幼儿用的玩具,摇晃时,里面的铃铛会发出轻微的声音。坐在副驾驶座上的灯问彻夫,玉枝姐今天来吗?彻夫在发动引擎时回答说,来啊。

灯的老家在离车站十五分钟车程的住宅区,但周围还有一些农田。好几个男人已经在她家的院子里吆喝着举起木杵捣年糕,周围有几个小孩子相互追着跑。跪在木臼旁翻年糕的大肚子男人就是灯的爸爸。他似乎已经喝了酒,红着脸,心情愉快地向我打招呼。

"你大老远来这里,先去放行李,好好休息一下。"

站在通往客厅的长椅上,立刻闻到了很像是米糕味的淡淡甜味,就像是邻居家的味道。坐在暖炉桌旁搓年糕的四个中年女人一看到我,就七嘴八舌地叫了起来:"啊,小灯的男朋友!"正在后方厨房的女人听到她们的欢呼声,也拿着汤勺探出头。我还来不及向她们打招呼,一个中年女人就抓着我的手臂,说着"外面很冷吧",硬是把我拉进暖炉桌。你终于来了,之前说了好几次,小灯就是不用电子邮件寄你的照片回来。要不要吃仙贝?啊,还是喝酒比较好?你在哪里上班?你是哪里人?喔,是茨城人啊。咦,贵子的老公不也是茨城人吗?对,没错,就是那个废物老公。对了,隆二的老婆今天没来吗?上次我骂了她一顿,她还在记仇。透,你是在哪里认识小灯的?啊哟真是的,竟然是联谊啊!真是的,太猛了。她在那种地方表现得怎么样?

在搓年糕组中第二聒噪、嘴唇很薄的女人就是灯的妈妈。灯的妈妈是四姐妹,四个人长得很像,简直就像是四胞胎,我渐渐搞不清楚谁在说话、她们到底在讨论哪一个话题。刚才从厨房探出头的女人看起来才二十多岁,可能是彻夫的太太。

我被尖锐的说话声吞噬,不经意地回头看向院子想要求助。彻夫刚好从别人手上接过木杵,灯正在和她爸爸说话。

啤酒不停地倒进我手上的杯子,伸进暖炉桌下的双脚暖呼呼的,很容易喝醉。我立刻拒绝说:"我酒量不好,不能再喝了。"那几个女人顿时齐声大笑起来。

"看吧,小灯看男人果然有眼光。"

"她找对人了。"

"她看着妈妈的失败长大。"

"因为我一直叮咛她啊。"

"她选了不会有外遇的男人。"

"是啊。"

我完全听不懂她们在说什么。我似乎满脸困惑,四姐妹中的其中一人甩着手向我说明:

"啊哟,虽然这种事不该对今天第一次见面的人说,反正啊,院子里的其中一个男人,之前因为喝酒坏事,在外面有了女人。脑子不清楚,去当了火山孝子,被骗得团团转。"

"被那个女人编的故事骗了。"

"透,你也要小心,强悍的女人不好惹。"

"今天他也不想听我们数落,所以一早就喝醉了。"

四双带着嘲笑的眼睛都看向捧着捣好年糕的灯爸爸。我坐立难安,喝着已经没有气泡的啤酒。我很想逃走。正当我闪过这个念头时,通往院子的玻璃门打开了,灯探头进来。

"又有新的年糕捣好了,麻烦你们了。"

"灯,你去厨房帮小玉忙,冰箱里有腌萝卜,你去切成厚片。"

"好。"

灯走过我身旁时,好像突然想起来似的对我说:

"透,阿彻说他手臂开始痛了,叫你去接手。"

"啊,好。"

"啊哟,透,好好加油。"

"小心别打到木臼边缘,会有木屑掉下去。"

我逃到院子里回头一看,四个女人笑着撕开热腾腾的年糕,好像已经忘记了我的存在。

"你终于解脱了吗?"

彻夫苦笑着向我招手,我加入了捣年糕组。这里仍然和刚才一样,男人们轮流拿起木杵捣年糕,木臼旁放着炭炉,正在烤鱿鱼干当下酒菜。目前是灯爸爸拿着木杵捣年糕,不知道四姐妹哪一个人的丈夫负责翻年糕。在响起规律捣年糕声的院子内,接过酒杯和鱿鱼脚,终于松了一口气。

"这些女眷真热闹啊。"

"对不对?所以大家都逃出来了,只要露一下脸就可以了,捣完年糕时,那些阿姨也醉得差不多,就会安静下来。在她们喝醉之前,你就别再进去了。"

"不知道是不是已经有点醉了,还说起了外遇的事,听得我心惊肉跳。"

我压低声音对彻夫说。因为我想搞清楚这个家族的人,到底怎么看刚才让我大吃一惊的事。

彻夫瞥了一眼正在捣年糕的男人后背,混在"嘿呀""吼哟"的吆喝声中,小声地对我说:

"她们逢人就说,只要有可能成为新的家族成员的人,一个都不放过。她们可能想要让新人了解这个家族的种姓制度吧。"

我大惊失色,说不出话。啪答、啪答,黏腻的捣年糕声淹没了我们的沉默。彻夫喝了一口冰酒,继续说了下去。

"那已经是十五年前的事了,没想到吧?她们说得就像是昨天发生的一样,完全不打算忘记这件事。"

他的声音带着惊讶。

"是啊。"我点了点头,然后发现除了外遇的事以外,我并不记得她们还说了什么。耳朵内侧好像仍然有叽叽喳喳的鸟叫声。

"但是灯好像很喜欢这个家,所以我也想努力融入。"

"她这么对你说吗?"

"她虽然没有说过,但央求我经常为她做面包,我猜想应该是她妈妈经常做给她吃的面包。"

彻夫没有马上回答,我感到纳闷,转头看着他,发现他一脸惊讶地看着我。

"毛豆面包吗?"

"你也知道吗?"

彻夫微微皱起眉头。

"她真是傻,还在吃吗?我以前读书的时候,经常用冰箱里剩下的毛豆为她做这种面包。那刚好是她爸爸发生那件事的时候,家里很不平静,灯为了逃离家里的争吵,躲在我的宿舍,所以……"

我发现从见面开始就说话很干脆的他第一次吞吞吐吐，我想我今天不该来这里。无论在房子内还是房子外，全是些不愉快的事。难道我在灯的要求下，一直为她做充满她和初恋对象回忆的面包吗？我喝了一小口被掌心的温度加热的日本酒。周围的声音一下子远离，感觉很舒服，也听不到彻夫滔滔不绝的玩笑话。

满头大汗的灯爸爸笑着把木杵交给我。为什么这个男人被自己的老婆贬成那样，还可以嘿嘿笑着过日子？简直是闹剧。那些就像有着弯曲鸟喙的肉食鸟般的女人说的事，以及彻夫告诉我的面包由来，今天所有看到的、听到的都像是一出蹩脚的戏。旋转木马无声地在我脑海中旋转。那一天，我的确认为她是我的真命天女，难道对她来说，解救她脱离不幸境遇的真命天子，是这个身材高大的表哥吗？因为血缘关系太近，所以最后放弃了吗？这种像三流电视剧的廉价想象，才是真正的闹剧。

隔着木杵感受到柔软的年糕，很像做面包时的面团，让人觉得生气。我带着内心的烦躁，用力挥下木杵，周围响起了"喔"的欢呼声。

男人抱着最后一次捣好的年糕走进屋内。彻夫说得没错，围坐在暖炉桌周围的女人都醉得差不多了，个个都安静下来。这时，又搬来一张和暖炉桌相同高度的桌子，将搓成丸子状的年糕，装在盘子里的纳豆、萝卜、砂糖、酱油和黄豆粉放在一起。桌下有一排将近两升的瓶装日本酒,灯和玉枝从厨房端来满满的筑前煮和酱菜。这时,四姐妹中的一人站了起来,炸了很多据说是做生意用的竹筴鱼和鱿鱼,肉质都很厚实。在裹了面衣后炸成金黄色的竹筴鱼和鱿鱼上,滴几滴酸橘汁,再撒上盐,好吃得简直像在做梦。小孩子都缠着自己的父母,个个都玩累了,按照年纪由小到大,一个一个睡着了。大人高兴地喝着酒,个个红了脸。这是幸福的、美丽的景色。灯爸爸无忧无虑地聊着自己支持的球队出色的战果。

但是,一旦意识到之后,污水淡淡的臭味就无法从鼻腔消失。这一大家子人的强弱、发言权、话题的禁忌、不经意的嘲弄,以及不时垂向桌面的疲惫双眼。灯在这片热闹的外围,事不关己地持续微笑着。

酒过三巡夜已深,向他们道别"明年也请多指教",然后叫了出租车,离开了灯的老家。搭末班车一路摇晃,相互搀扶着回到家里时,已经凌晨一点多了。两个人都累坏了,没有去洗澡,坐在沙发上发呆。

"我以后不再做面包了。"

我郑重向她声明。灯低着头,眼泪扑簌簌地流了下来。

"你不要说这种话。"

"我才不想当别人的替代品,你叫发明者彻夫帮你做不就好了吗?"

"如果没有那个面包,我就会死。"

她轻易把死挂在嘴上的幼稚让我心浮气躁地闭了嘴。灯急促呼吸着,娓娓说了起来。

"对不起,我明知道你讨厌那种地方还带你去,但我不想一个人回去那里。"

"你明知道我会讨厌,还带我去吗?"

"因为以后可能会成为家人。"

"家人。"

家人是什么?难道有义务分担活了半辈子累积的污泥吗?我觉得灯说的话根本没有主轴,只是不假思索地重复别人的陈腔滥调。

"那个面包到底是怎么回事?"

沉默很漫长,灯的下唇留下了齿痕。

"那是我小时候,阿彻做给我吃的。"

"我听说了,你有一段时间离家出走。"

灯看着自己的膝盖,继续说了下去。

"那时候阿彻还是大学生,所以可能无法全面照顾我。起初说我很可怜,也听我诉苦,做饭给我吃,我妈打我的手机时,他也会帮忙接电话,但是之后他就渐渐不回家,只是留钱给我。"

远处传来列车的声音,应该是列车驶回机厂。寂静中高声唱着喀当、喀当的声音。

"阿彻那时候在面包店打工,偶尔回家时,就会向我道歉说对不起,然后做很多那种面包。因为我第一次住在他宿舍时,对可以在自己家里烤面包很好奇,显得很高兴。"

吃着面包,就会觉得很安心。灯继续说了下去。

"有一种两只脚终于站在地上的感觉,就会想起这个世界就是这样,即使有痛苦的事,也不会感到太难过。"

"冷冻起来吗?"

"啊?"

"那时候的面包也放在冷冻库吗?"

灯纳闷地偏着头,然后点了一下头说:"对。"

难道她和她母亲一样,挖旧伤可以感到安心吗?持续回想最痛的瞬间,始终不忘记。也许是想忘也忘不了,内心的天人交战没有终点。在灯的老家感受到的污水臭味再度飘过鼻尖。那是令人讨厌、难以忍受,却又无可奈何的臭味。

让我考虑一下。说完,我从沙发上站了起来。

年后的第一个上班日,董事长在朝会时公布了将在三月成立的新事业部门的名称。游戏机械事业部。我们公司过去曾经接过几次座位上下高速移动,也就是所谓自由落体系列的惊声尖叫游乐设施的项目,今后打算在此基础上继续投入制造咖啡杯、旋转木马和摩天轮等旋转型游乐设施,最终目标是希望能够生产游乐园内所有游乐设施。大家听了董事长的雄心壮志,纷纷鼓掌叫好。

果然不出所料,两个星期后的调职事先通知日时,设计部的主管找了我,希望我可以调去新事业部门的旋转型游乐设施设计室。我面带微笑地鞠了一躬,表达了了无新意的感想。我很高兴,这是很值得挑战的工作。冈部说得没错,我这个人真的一直愣头愣脑。参与巨大建筑物的项目为什么那么高兴?对自己来说,那到底是怎么回事?我还没有搞清楚这些问题,梦想的时间就画上了句点。

回家的路上,在毛毛细雨中,我再次走向自己曾经参与的涩谷那个剧院。看了入口处的告示,目前正在上演《绿野仙踪》。不知道是否因为是星期五晚上的关系,即使站在外面,也可以看到剧院一楼的法国餐厅人满为患。年轻的情侣和携家带眷的客人围在餐桌旁谈笑风生,我在附近咖啡店的二楼座位,眺望着灯光映照下的剧院圆形外观。

巨大的建筑、美丽的建筑,只要说出名字,就无人不知的建筑。我是不是发现只要参与这些建筑的项目,就可以避免某件自己不擅长的事？和冈部聊天时，我不假思索地说自己想参与水坝的项目，但如果已经完成了水坝的电梯，我又会怎么回答？

回到家时，发现窗户内难得亮着灯光。我想起灯之前因为新品上市促销期，假日去加班，所以今天补假。我打开门，对着室内叫了一声"我回来了"。

灯正在客厅用手机讲电话，她转过头，动了动嘴唇，无声地对我说："你回来了。"然后又对着电话说："没关系，所以横滨分店有库存吗？"她站了起来，走去盥洗室。我把被雨淋湿的西装挂在衣架上，用干毛巾擦着雨水。灯的声音不时传入耳朵。

也许是因为工作的关系，灯说话的声音和平时在家与我聊天时很不一样。如果说，她平时的声音像小心翼翼地排列一颗颗圆石，现在的声音就像是把石头滚向一定的方向，同时要求对方也保持这样的速度。

挂上电话后，灯走到我身旁，又说了一次"你回来了"，然后用双手环住了我的腰。个子娇小的她做这个动作时，她的脑袋刚好卡在我下巴下方。我用下巴顶着她头顶上的发旋，她笑着说很痛，说她要反击了，用手打着我的胸口。

"你的身体很冷，外面很冷吗？"

我点头回答了她的问题，突然想到我们并不是合得来，而是她一直在暗中配合我的速度。

"我问你,你为什么觉得我会讨厌你老家?"

灯眨了眨眼,微微偏着头说:

"因为你不是不喜欢说话速度很快的人吗?我家的亲戚说话都像在开机关枪。"

"你怎么会知道?"

"这种事,我当然知道啊。"

灯觉得很好笑地笑了起来,摸着我的头。"我就是喜欢你慢慢说话的感觉。"说完,她轻轻抚摸我的发根。

深夜时打开窗户,发现外面仍然下着雨。湿凉的空气包围、洗涤了闷热的和室内部。灯趴睡在床单上,我伸手正想为她有些雀斑的后背盖上毛毯,发现她并没有睡着。她的眼中映照着路灯,缓缓眨着眼。我把食指放在她的脸颊上,她闪亮的双眼看向我。我把指尖伸进她微启的嘴唇,她可能想睡觉了,并没有任何反应。我的指尖碰到了她的牙齿,轻轻推开她的牙齿,把指腹放在她温暖、粗糙的舌头上。

这些年来,她看了什么,想了什么,又吃了什么。我轻轻抚摸她的舌头,然后把被她的唾液沾湿的手指拔了出来。我再度把手掌放在她趴睡的头上,然后走去厨房。从抽屉深处拿出高筋面粉。即使不用看食谱,我也记下了所有的步骤。

我在烤面包时,灯醒了过来。她穿着贴身衣裤,摇摇晃晃地

走向厕所。上完厕所后,一脸不解地看了看亮着灯的厨房,又看了看坐在沙发上的我。我合起手上的杂志,对灯说:

"面包快烤好了,如果你想吃就吃吧。"

灯没有回答,像稻草人一样在那里站了片刻。不一会儿,她走去厨房,探头看向发出橙光的烤箱发着呆,接着又走回我的身旁,一屁股坐了下来。

烤箱发出了通知面包已经烤完的哔噗声,我从沙发上站了起来,打开烤箱的门,烤得微焦的芝士香气扑鼻。我把刚出炉的面包放在小盘子上,递到灯的面前。灯双手接过了装面包的盘子,露出有点害怕的眼神。

"虽然我无法了解,但只要吃了这种面包,能够让你心情稍微放轻松,我可以一直做给你吃。"

灯的手指拿起面包,放进嘴里,用力咬了一口。面包冒出的热气包围了她的脸颊,我看着她的脸颊,继续说了下去。

"但是,我觉得这是悲伤的食物,所以我希望有一天,你不再只相信生命的谷底,而是更真切地感受到更幸福的东西,不需要吃这种面包也可以过日子。"

灯点了点头,泪珠滴落她的鼻尖。她又吃了一个面包。在她吃完三个面包后,抬头看着我的脸。好啊。在我的催促下,她把剩下的五个放进了冷冻库。

重新回到床上，用羽绒被盖住了肩膀。我告诉她，下次可能要设计旋转木马。灯瞪大了眼睛，像月亮发出微光般笑着说"太棒了"。我看着她的脸，觉得还是设计这种东西比较好。

调去新部门后的第一个项目，就是为动物园附设的小型游乐园改造旋转型游乐设施。八个飞机形状的座位围绕成直径十五米的圆形，随着音乐旋转，之前只是维持相同的高度持续旋转，这次要重新设计，更换中心的机轴，让八个座位在旋转的同时，可以让游客自行操作握杆，让座位上下移动。接着又修改了百货公司顶楼儿童天地的火车型游乐设施，迟迟接不到从零开始设计游乐器材的工作。冬季进入尾声时，一家在外地新开的游乐园要设置一台旋转木马，没想到我们公司在投标时就落败了。

"反正就是没这么简单。"

"这样啊。"

"啊，那个看起来很好玩。外侧和中间的地板转向相反的方向，头应该更昏吧。"

色调柔和的咖啡杯在眼前复杂地转来转去，小孩子把咖啡杯内的转盘转到极限，咖啡杯像陀螺般旋转不停，他们哈哈大笑着。我靠着旁边的栏杆，把咖啡杯的构造画在带来的笔记本上。

自从调去新的部门之后，为了研究商品，我在假日时经常去游乐园。除了东京都内的游乐园以外，还去了附近县市，逐一观察园内的游乐设施。如果灯刚好也休假，就会跟我一起来。因为我必须把构造画下来，有时候会重复玩相同的游乐设施，所以对她说"你即使陪我去，也会很无聊"，但她很干脆地点头说"没关系"。当我看着游乐器材写笔记时，她从来没有一句怨言，自己跑去礼品店买东西，或是去附近拍照，默默享受着周围的欢乐。

记录完要点之后，我合起笔记本。

"好，要不要去坐坐看？"

"我想要坐那个有花的咖啡杯。"

"那手脚要快一点才能抢到。"

我们刚坐进咖啡杯，开始运转的铃声就响了。在旋转的同时，周围的色彩开始融化，缓缓远离了现实感。我用力转动圆盘形的转盘，灯按着头发，大声笑着叫我不要转。

除了摩天轮和老少咸宜的游乐设施以外，灯还哼着歌，陪我一起坐惊声尖叫型的游乐设施和云霄飞车。

但是不知道为什么，每次来到旋转木马前，她都坚持不坐，只是坐在旁边的长椅上观赏。

"既然你喜欢，那就去坐啊。"

"太喜欢的话，反而会搞不清楚。"

我听不懂她这句话的意思，所以注视着她的侧脸，希望可以解读出其中的意思。灯稍微停顿了一下，微微扬起嘴角。

"这种时候默不作声，很像是你的作风。"

"有吗？"

"我从来没有遇过像你这样专心听别人说话的人。"

我能够体会她说话的这种感觉。有时候缓缓走在路上，会在路旁看到"这是为我而存在，正在等我"的东西。可能是书，也可能是音乐，或许是技术，还有学问，或许是旋转木马。对我来说，有着人类的外形。

"你听我说，"灯思考着该如何表达，"旋转木马不是很漂亮、很热闹吗？"

"嗯。"

"所以我很喜欢，但那些木马不是假的吗？"

"是啊。"

"如果坐上去之后，觉得果然是假马，就会很失望。所以与其这样，还不如在旁边欣赏这个漂亮的东西比较好。我猜想应该是这样。"

木马发出优美的旋律，缓缓开始转动。这个游乐园的旋转木马历史悠久，是战前从欧洲进口的，虽然没有木马上下移动，或是旋转速度发生改变之类的花样，但时下难得一见、新艺术风格的细腻装饰很优美。马鬃就像真马的鬃毛般飘逸起伏，天使在紫色的马车屋顶上翩翩起舞，画在天花板上的女神都露出温柔的眼神守护着木马前进。

虽然旋转木马在运转时会发出声音,旋转时,也会听到乘车指南的广播声,而且如果骑在马上,应该还觉得硬邦邦,但旋转木马的设计者想要打造出这个世界上绝无仅有的乐园。

"如果是真的马,你就会坐吗?如果马和天使,这个闪亮的空间全都是真的,你就会坐?"

"我会坐……"

"那你最好去坐一下。因为制造旋转木马的人就是为了向往这种东西的人制造的,虽然无法完全如愿,但我觉得可以相信其中一定有些好的事情。"

灯注视着旋转木马片刻,用平静的声音回答说:"我考虑看看。"

她央求我做毛豆芝士面包的频率从每周一次渐渐变成隔周一次,在樱花绽放的季节,变成了每月一次,但还无法完全戒掉。在我几乎要忘记时,她会轻轻拉我的袖子,小声地央求说,她想吃那个。尤其到月底的时候,她就会特别想吃。我不再针对这种面包发表任何意见,她想吃的时候,我就默默为她揉面团、烤面包,然后递到她面前。她总是聊着隔天的事,一脸平静的表情吃面包。

在黄金周假期结束后不久,公司接到了外地一个历史悠久的游乐园订单，"十多年前撤掉了旋转木马，但想趁目前的怀旧风潮，重新再设置"。董事长积极争取新设工程，靠着人脉关系，终于争取到这个项目。游乐园老板提出了"反正不会有恩爱的年轻情侣来我们这里，所以，不要太花哨，也不需要太有格调，只要像小时候生日时常吃的不二家草莓蛋糕一样，充满怀旧的感觉，让小孩子和老人喜欢就好，旋转的速度也要慢一点"的要求，我围绕着董事长的要求，参考了旧旋转木马的外观照片，思考着如何规划。

简单又怀旧，令人有亲切感，老人和小孩可以轻松牵手坐的旋转木马。我和其他同事像念咒语般牢记这些要求，一次一次促膝讨论。木马的外观和设计、旋转的构造、木马升起的时间点，以及白天和夜晚的照明如何变化。为了方便老人行走，地面不设置阶梯。随着细节逐一确定，即将完成世上独一无二的旋转木马。

半年之后，我带着灯一起去看落成的旋转木马。那是已经有一丝寒意的红叶季节，灯在肩上披了一条苏格兰格纹的羊毛披肩。

装了红色和绿色马鞍的木马，随着以前在音乐课上听过的古典乐旋律跑了起来。因为刚落成不久，旋转木马周围有许多爸妈带着孩子在排队。我们一起坐在旁边的长椅上，默默看着漂亮的木马和坐在木马上的游客喜悦的脸庞旋转。灯饰更亮了，白马的后背发出乳色的亮光。谁都知道木马不是真的马，但每个人脸上都带着羞涩的微笑,宛如一片花海。

"要不要去坐坐看?"

我催促着她。她正在喝纸杯里的可可,露出心痒的表情动了动嘴巴。

"好害羞。"

"我为了确认运转,已经坐过上百次,但无论坐多少次,都觉得很开心。"

我把喝完的纸杯丢进垃圾桶,握着灯冰冷的手去排队。等了十五分钟左右,终于轮到我们了。灯犹豫了一下,坐在一匹装了桃色马鞍的白马上,我骑在旁边的一身栗色毛的马上。

"制造这匹白马的人称它为白飞船。"

"啊?什么意思?"

"因为有人喜欢赛马。"

"我好不容易想坐了,不要破坏我的梦想。"

她噗嗤一声笑了起来,音乐很快响起,木马纷纷动了起来。

经过差不多慢慢煎一个荷包蛋的时间,闪亮的梦幻旅程结束了。太开心了。灯喘着气,脸上泛着红晕。我牵着她发烫而渗着汗的手走下基台,背后响起了下一次运转的旋律。

我们说好回家的路上顺便去超市买菜。回到车上,我们回想着冰箱里的库存,讨论着还有鸡蛋,要记得买葱,我突然想到冰箱里随时备用的冷冻毛豆差不多快用完了。我正打算开口说要记得买,灯抢先开了口。

"面包,"她小声嘀咕说,"搞不好不需要了。"

我转过头,她的脸上露出了笑容。她扬起的嘴角微微抽搐了一下。我假装没有发现,点了点头说:

"这样啊。"

"但我想吃像刚才那个旋转木马的面包。"

"这也太强人所难了!是要加草莓吗?"

"我们到超市后再一起想。"

"好。"我点了点头,发动了车子的引擎。踩下油门,把刚才的景色抛在脑后。我似乎听到远处传来梦想之马的嘶叫声。

总汇披萨

走进一间充满亚洲情调的昏暗房间。除了藤桌、藤椅外，墙上挂着莲花图案的挂毯，而且房间内飘着淡淡的线香味道。我恍然大悟，难怪大门口放了鱼尾狮的雕像。脱衣处和浴室之间是玻璃门，玻璃表面没有任何加工，所以可以清楚看到入浴的情况。按摩浴缸又大又浅，热水还没装满，恐怕就变冷了。房间内贴了深巧克力色的壁纸，窗户被相同颜色的木板封住了。又薄又轻的聚酯纤维布的寝具应该都是一起丢进洗衣机里洗，淡淡的黄色灯光从藤条和布袋莲的缝隙中透了出来。

我用浴巾擦拭了泡了热水后发烫的身体，穿上内裤，套上房间内准备的浴袍，在铺了佩斯利图案床罩的双人床角落坐了下来。我觉得自己好像来到了比火星更遥远的地方。这个房间内的床不是为了让人睡觉,灯光也不是为了照亮房间,浴缸不是为了让身体暖和。这里当然也不是新加坡,房间内布置成亚洲情调也没有特别的意义。

"你在笑什么?"

弦卷一丝不挂,在腰间围了浴巾,从脱衣处走过来。刚才在浴缸内泡澡碰触到时,并没有特别的意识,现在仔细打量,发现他的身材看起来很年轻。他可能有做什么运动,或是肌力训练,他全身魁梧健壮,皮肤的颜色很明亮,浑身都散发出好像阳光般的光和热。他身体前侧很平坦,但在转过身后,隆起的脊椎和双臀之间股沟深深的弧度,让我忍不住心荡神驰,觉得太美了。

"我才没有。"

"是喔。"

弦卷毫不在意地附和了一声,从沙发上的公文包里拿出还剩下一半的宝特瓶碳酸饮料。饮料早就不冰了,而且气也都消光了,但他仰起头,喝得津津有味。我差不多有十年没买过这种甜甜的碳酸饮料了。

"无所谓啦,只是觉得人妻性欲这么强吗?"

听到他问这么刁钻的问题,我耸了耸肩。老实说,我也不太清楚,所以也无法回答。弦卷翻着放在床头柜上的饭店导览,拉着长音说他肚子饿了。

"要不要出去吃点东西?"

"不,不用了,现在的时间还可以叫客房服务,要不要叫来吃? 生田姐,你有没有什么不吃的东西?"

白天的时候,他还很恭敬地对我说敬语,现在说话很随便,但他巧妙地问我不喜欢吃的食材,可以感受到他的家教很好,个性也不错。

"我不用了,你可以点自己想吃的。"

我催促他点餐,暗示因为自己造成了他的困惑,所以请客作为赔礼。弦卷一双大眼睛瞥了我一眼,然后打电话去柜台点了总汇披萨、薯条和百事可乐。

和客户应酬结束后,原本打算回家。

和大型连锁超市合作、共同开发圣诞节零食的项目迟迟没有进展,今天终于谈成了。我这个企划负责人和负责业务工作、比我小五岁的弦卷都兴奋不已。为了取悦客户,我们都多喝了几杯,而且这一阵子一直加班,所以也很疲累,但直到踏进这里之前,我和他都打算回自己的家,完全没有丝毫的迟疑。

我们搭地铁回家,握着拉环,聊着今天聚餐的成果和今后的发展,当列车靠站后,从月台上涌入很多乘客。有不少人的T恤后背上都印了相同的标志,可能附近的球场有什么现场演唱会。

挤不上列车的人在月台上大排长龙，等下一班车。我和弦卷原本面对面聊天，结果两侧的乘客挤了过来，我们两个人紧贴在一起。我把装了资料的皮包放在我们中间，尴尬地把头转到一旁，相互说着"好挤""运气真不好"，继续在地铁内摇晃。更糟的是，离最近的换乘车站还有将近十站。这些乘客可能都是从很远的地方来听现场演唱会，所以过了好几站，车厢内还是很拥挤。

列车进入弯道，被挤得几乎快要窒息时，我发现有什么圆圆硬硬的东西顶在我的腰骨附近。感觉很有弹性，很像是庙会时玩捞彩球的弹力球。他为什么把这种东西带在身上？我抬头看着弦卷，他仰着下巴，看着车门上方的广告。他一直维持着不自然的角度看着广告，我搞不懂那个广告有什么好看。这时，我才终于察觉顶在我腰上的弹力球是怎么回事。

这完全是意外。我的背上冒着冷汗。我之前曾经听丈夫提过，和性欲或是恋爱感情无关，疲劳和睡眠不足时也会发生这种状况。我就假装不知道吧。我低头看着装了资料、抱在胸前的皮包。弦卷也挪动双脚，试图稍微后退，但背后挤满了乘客，想动也动弹不得。好不容易稍微挪开了顶住我的位置，在停车的同时，又被其他乘客挤了过来。

随着渐渐适应弹力球的感觉，我觉得很好笑。两个大人一脸严肃地为弹力球的位置手忙脚乱。几分钟前，我们还在讨论交货期和成本率的问题,然后就发现我随时都在思考下一个工作的问题点、老公的身体、小孩子的教育和三餐这些复杂而有意义的事。

也许在我的人生中,再也不会出现这么滑稽荒唐、没有意义的事了。

列车停在月台上。虽然还没到我要下车的站,但我拉着弦卷的手,大声说着"我们要下车",推开了人群。弦卷乖乖地跟在我身后。

即使是从来都没有来过的车站,只要站在车站前,就可以大致猜到闹市区的方向。我们牵着手,走向霓虹灯闪烁的街道。不到十分钟,就发现了想要找的建筑物。

"要不要进去?如果你不排斥的话?"

我站在鱼尾狮雕像前勾引他。弦卷眨了两三次眼睛,看了看鱼尾狮,又看了看我说:

"我有女朋友……"

"哈哈哈,你要这么说的话……"

我指着自己左手无名指上泛着的光。虽然我故意搞笑,但声音有点发抖。弦卷皱起眉头,苦笑着说:"对喔。"然后轻轻"嗯"了一声,再度握住了我的手。

和客户应酬耽误了时间,不小心错过了末班车。我传了讯息给老公，他回复说"我妈来了，所以没问题"。我老公不知道儿子去保育园上学时需要准备什么，但既然婆婆在我家，就可以交给她处理。我暂时松了一口气，把手机收了起来。

有人敲房间门。"来了。"弦卷应了一声，穿上睡袍走去开门，很快就拿了一个扁扁的纸盒和一个纸袋走了回来。他把饮料和薯条放在桌上，打开了装了披萨的纸盒。

总汇披萨上只有几粒玉米、像纸一样薄的洋葱和四片看起来很油腻的意式香肠。

"根本没有总汇啊，反而是料太少了，它们都有点不知所措。"

"是吗？这种地方的披萨不都这样吗？"

弦卷盘腿坐在床上说，把高热量的披萨送进嘴里。他张开大口咬了起来，两口就吞完一片披萨。他似乎肚子饿了，转眼之间，就把几乎半张披萨都吃了下去。

"生田姐，你不吃吗？"

"虽然看起来很好吃，但吃这种高热量又没有营养的食物，等一下绝对会后悔。"

"这种垃圾感才好吃呢。"

"至少希望可以加点芝麻叶，把生蘑菇切片，再放一些对切的小番茄。"

"我才不要，这根本不是做亏心事时吃的东西啊。"

亏心事。这种说法听起来简直就像是从来没有吃过的美味甜点。

"来，把嘴巴张开。"

他把一片芝士快要滴下来的披萨递到我面前。我只好坐起来咬了一口。芝士的弹性和加了盐的面粉香气，伴随着咀嚼溢出的油脂，陶醉感在嘴里扩散，一下子冲向脑袋。这种不健康的美味刺激着感官，让人变迟钝。

我抓住弦卷的手，又咬了一口。弦卷一脸不可思议地看着我默默吃披萨。

制作健康饮食的秘诀，就在于均衡使用红、黄、绿、白、黑这五种颜色的食材。

每次在超市推着推车时，我就会回想冰箱里有什么，确认目前缺少什么颜色的食材。红色最简单，牛肉和鲔鱼生鱼片等都可以作为主菜的食材，实在没办法时，将番茄切成楔形就搞定了。绿色只要使用叶菜就解决了。我们家经常做鸡蛋料理，所以黄色也没什么问题。原本有点烦恼白色的问题，如果经常用萝卜或是豆腐很容易腻，但后来想到白米也是白色，心情就轻松多了。最棘手的就是黑色。我们全家都不太喜欢黑芝麻，常吃裙带菜也很容易腻。老公和儿子都不喜欢菌菇类的味道，所以就把海苔放在桌上，随时可以当点心吃，但我觉得好像都只有我在吃。

"妈妈，小樱想吃拉面。"

儿子樱辅今年开始上保育园的小班，所以穿着水蓝色的衬衫配藏青色吊带短裤的校服。他一脸害羞的笑容，好像在说什么秘密般小声对我说。之前经常在便利商店的冷冻区买可以用微波炉加热的拉面，晚回家的时候可以当晚餐。樱辅口中的"拉面"就是那种拉面，但光吃那种拉面营养不均衡。也可以在袋装拉面里加各种食材，红色可以用牛肉，打个蛋就是黄色，绿色就用菠菜补充——白色和黑色怎么办？拉面中加白色？豆腐？白色鱼板？黑色就用海苔吗？要特地为了煮拉面买鱼板吗？还是用凉拌豆腐当配菜？

"咦！这是什么？"

"啊！不要碰！"

正当我举棋不定时，原本跟在我身后的樱辅不见了，当我回过神时，发现他正准备伸手去戳用保鲜膜包起的猪脚。不行不行不行不行。我一口气说了好几次，然后用力握住他的小手，一只手推着推车走向蔬菜区。我刚才在想什么？对了，拉面。要不要再加一道豆腐料理当配菜。但如果只是凉拌豆腐，儿子和老公不太捧场，所以加一些蔬菜做成热热的淋酱淋在豆腐上，或是加芝士放在微波炉中加热一下，也许要多花一点功夫才行。

"不要跑！要看好前面！啊，对不起……樱辅，等一下！"

樱辅甩开了我的手，看到零食区，就立刻跑过去。从他名字中有一个樱字就不难猜到，他是四月出生，不久之前，在班上第一个过了四岁的生日，但只要看到他最爱的战队周边商品，就会不顾一切地跑过去。我向差一点被樱辅撞到的其他客人道歉，把购物推车放在一旁，伸手抓住了他矮小的身体。

带着樱辅买菜时，很难边买边打算，每次都会忘了买该买的东西，也无法想出什么好菜单。即使只是拿出手机确认一下食谱，他也可能会跑不见。

那就把芝士加在豆腐上，放在微波炉加热一下，再淋点酱油。只不过和昨天的配菜相同。我立刻想起靖子一脸歉意地垂着眉毛，面带微笑地说，配菜要尽可能以蔬菜为主，便忍不住想要向她道歉。

急急忙忙买好了菜，让樱辅坐在电动脚踏车的儿童座椅上，一路骑回公寓。

晴仁坐在餐桌旁托着腮，以和早上相同的姿势看着执照考试的参考书。

"你回来了。"

"我回来了，对不起，今天下班有点晚，你肚子一定饿了吧？"

"完全没有，我看得太专心了，根本忘了时间。樱辅，快过来，爸爸带你去洗澡。"

"啊，那我想先看油去布（YouTube）的玩具影片。"

"洗完澡，吃完饭，睡觉前才可以稍微看一下。"

老公和儿子的说话声渐渐远去，他们走去浴室后，我从超市的塑料袋里拿出食材，急忙准备做晚餐。

半年前，气温开始下降的初冬时期，晴仁为不明原因的头痛和晕眩所苦。去了多家医院检查后，医生诊断说，是因为工作上的压力造成的，建议他暂时请假疗养。他在一家电机厂商担任技术人员十五年，在负责开发量贩店的店铺系统部门任职多年，去年春天刚调职，在新成立的利用AI提供新型服务部门担任主管。

"之后要致力于栽培年轻人。"晴仁对这次的升迁感到很高兴，所以我一开始难以相信他因为工作压力造成了疾病。

晴仁也认为自己担任新职不久，不能离开职场，所以就靠吃药和推拿缓和症状，继续上班。他似乎认为自己不可能生那种病，只是因为季节的关系，所以身体出了点小问题。

但是，在新年假期结束后不久，有一天，他脸色苍白地蹲在玄关说"我没办法去上班"，然后就无法动弹。于是就请医生开了诊断证明，向公司要求留职停薪半年。

四个月来，晴仁的身体状况时好时坏。有时候起床后可以出门散步，或是看参考书，但浑身无力时，就会在床上连续睡好几天。

晴仁的母亲靖子在他留职停薪后，遇到我要加班的日子，就会来家里，去保育园接樱辅回家，还经常送一些煮好的菜来家里，觉得家里有什么地方不够干净时，就会帮忙打扫一下，很照顾我们。晴仁身体状况不佳时，无法照顾樱辅，所以我或是靖子必须随时在一旁。

"我之前就猜到会有这么一天。"

在新形态的生活刚开始不久，靖子看着他们父子在客厅玩时，小声叹着气说。

"那家公司是一家老公司，在各方面都要求员工灭私奉公。他是不是经常周六、周日也无法回家？"

我点了点头。晴仁在留职停薪之前，每个星期有两天会调整工作，去保育园接樱辅。因为我们刚交往时，我曾经提出"即使生了孩子之后，我仍然想继续工作，希望你可以和我分担育儿的工作"，他努力遵守我们之间的约定。但每天早上都是由我送樱辅去保育园，樱辅感冒时，也都是由我设法安排，保育园有任何活动时，都是由我参加。我经常为育儿工作无法平等分担感到不满。

我曾经多次听晴仁提到，许多上司对他每周有两天要去接小孩面露难色，认为他"对公司不够尽力""如果因为家庭状况早下班,就不必指望升迁"。即使是周六、周日,也经常因为要和客户应酬或是处理问题,临时被叫去加班。那家公司原本就不希望男人在家庭内承担家务,正是这个原因,晴仁在升上主管时很高兴,认为"自己的工作方式得到公司主管的认同"。他比我大七岁,被称为"泡沫经济崩溃后求职冰河期世代",应征超过一百家公司全都遭到拒绝后,最后因为他父亲曾经在这家公司担任董事,基于人情关系录用了他,所以他似乎对公司有一种掺杂了感恩和自卑的复杂感情。

"我老公也差不多在晴仁这个年纪,大约四十出头时当上主管,无论上司和手下的员工都会提出一些不合理的要求,让他吃了不少苦头。那一阵子头发一下子就白了,也开始吃调节血压的药……但我们那时候还有所谓的妇女交流会,是一个举家参加公司的活动,全家人理所当然都支持老公的时代,所以总算撑了过去。但现在大家的意识完全不一样了,每个人都必须独自面对工作上的问题,家务事就会出问题,我之前就觉得他的压力会很大。"

靖子的这番话批判了公司的故步自封,同时对时代的变化感到不知所措,更充满了对生病儿子的同情。

"总之,为了能够让他早日回去工作,健康最重要。早百合,不光是晴仁,小樱和你也要注意身体。偶尔吃便利商店的拉面当然没有问题,但要摄取充足的蔬菜和蛋白质,生活再忙碌,都不能动摇家庭的安心感。"

靖子表达的所有感情中,都带着一丝希望她儿子得到更多关心的悲伤。我认为她有这种想法很理所当然。晴仁在接受心理辅导后,自我分析是因为升迁和工作调动等环境变化的压力成为他疾病的导火线,但靖子曾经支持在同一家公司任职的丈夫克服了这种压力,想必认为只要有家人的支持,或许有办法渡过这样的难关。

而且,靖子那个世代的人也许无法接受我们这个世代的家庭是正常的家庭。早餐吃甜面包或玉米脆片,晚上七点才去保育园接小孩,每个月只用吸尘器吸两次地,脱下的睡衣就随手丢在客厅。靖子对每一件事都感到惊讶,有时候吞吞吐吐地委婉表达意见。五种颜色食材的事也是她教我的,我觉得我婆婆很聪明,考虑也很周到。

我无法在工作上偷懒。因为目前无法预料晴仁什么时候才能回去上班,我必须作为家庭支柱,撑起这个家庭的日常开支。

但是,我也必须比之前更关心晴仁和樱辅。生病的状况、教育问题、健康问题、保育园的事和将来的事。该考虑的问题不计其数,而且每个问题一旦想深入研究,都会没有止境。上班回到家,做完家务,照顾樱辅,善待晴仁。一天之中醒着的时间都充分发挥了作用。

渐渐地,每天处理完带回家的工作,深夜睡觉前喝杯烈酒的十五分钟,成为我唯一放松的时间。带着一点醉意,收拾完餐具和杯子,刷完牙走进卧室。樱辅上下颠倒地在双人床的正中央躺成大字,身上的被子都踢开了。晴仁缩着身体躺在墙边,双手按着肚子。他之前说,吃药后,胃就有一种想吐的感觉,很不舒服。我把樱辅的身体转过来,把枕头放在他的头下,为他们两个人盖好被子。

熟睡的晴仁令人怜爱。修剪得几乎看不到白色部分的指甲和笔直的睫毛,还有鱼尾纹和皮肤有点粗糙的脖颈,从被子下露出富有弹性的圆润脚跟,就像樱辅还是新生儿时一样,都让我产生一种想要把他抱在怀里、好好守护的慈爱。我躺在他们中间,伸手绕过晴仁的身体,轻轻揉着他扁平的肚子。

"这算是偷情吗?"

"早百合,你这么说太难听了。"弦卷轻松地笑了起来。这是我们第二次幽会,他已经直接叫我的名字了。

"你只是在逃避而已,没有赚钱能力的老公也失去了魅力。你老公如果不结婚,自由自在地工作,就不会生病了。结婚是人生的坟墓这句话果然是真的。"

他口若悬河，很有节奏地骂了起来。我之所以没有生气，是因为觉得他很坦率地说出了自己内心的想法。

"你似乎很讨厌结婚。"

"很讨厌啊，我根本搞不懂为什么要结婚，但我女朋友一直很想结婚。"

他应该没有机会和别人讨论这种情爱和对结婚的看法，他放松了心情后变得很健谈，但他说越多话，我越对他失去兴趣，不是因为他的意见让我不悦，或是被戳中痛处而听起来刺耳，而是他对结婚和夫妻的看法太刻板，我并不觉得他的话值得一听。他应该完全无法理解我虽然对晴仁不忠，但至今仍然很爱晴仁这件事。

弦卷开始滔滔不绝后，立刻变成了一个很容易懂的人。在他身上已经找不到之前的混沌——那种在回家路上，满脑子都是待办事项时，突然出现的弹力球般的混沌。

"我们好像借由自己结了婚、生了孩子这种事，告诉周围的人，自己是一个优秀的人，这种感觉很虚伪，我很讨厌。我相信应该也有很多像你一样不检点的已婚人士。"

"嗯，我不否认自己不检点。"

事实上，连我自己也很惊讶。我一直认为偷情风险很高，自己绝对不会做这种毫无意义的事。之前看到偷情的单身朋友，都很不满地觉得她们"被人利用了,自己还搞不清楚状况"。如果有已婚的朋友偷情,就很看不起他们,觉得"既然已经没感情了,干脆离婚就好了"。

此刻,我看着打扫得不够干净的汽车旅馆床头台灯上积着薄薄一层灰,想要赶快回家。

刚才向客房服务点了玛格丽特披萨代替晚餐,但和前几天的总汇披萨不同,只有油腻的感觉,一点都不好吃。弦卷半裸着身体,心情愉悦地说着结婚是多么没有效率而愚蠢的制度,他似乎对贬低我这个成为已婚人士失败的案例感到乐不可支。

"啊,对不起,我儿子发烧了,那我先走了。"

我假装看了手机,然后穿上内衣裤,穿上三十分钟前刚脱下、带着汗臭味的衬衫。当我拿起皮包,准备走出汽车旅馆房间时,腰上围着浴巾的弦卷抓住了我的手。

"嗯?你为什么要回家?"

我没想到他会露出这种着急的表情,反而大吃一惊。

"没为什么……每个人都要回家啊。"

"你不是不想回家,所以才会约我吗?"

"也不能说是不想回家。"

被他这么一问,我忍不住思考到底是为什么。之前就像遇到车祸般,和这个后辈上过一次床,但今天我和他一起走进这个房间，到底从他身上得到什么？我们从离公司最近的车站特地搭山手线绕了半圈，避人耳目地走进这家以黑色为基调的汽车旅馆。

"……也许是因为想吃披萨？"

"披萨？"弦卷抬起眉毛问。

"但这里的披萨不大好吃，所以算了。对不起，明天公司见。"

我甩开了被弦卷抓住的手走了出去，把一脸错愕的他留在房间。在等电梯时看了一下手表，发现今天因为很早就离开的关系，只要说加班稍微晚一点就解决了。

回到家时，穿着睡衣的晴仁和平时一样坐在餐桌旁看执照考试的参考书。

"你回来了。"

"我回来了。咦？你妈呢？"

"她说明天要当公寓打扫的值日生，所以安顿樱辅睡觉后，她就回家了。"

等一下要打电话谢谢她。我思考着措辞，在椅子上坐了下来，脱下绷得很紧的丝袜。

我觉得有人看着我的脸颊。

"怎么了？"

"不，没事……我只是在想，你怎么没戴耳环。掉了吗？"

"喔，不是啦，我最近买了新的耳环，可能对材质有点过敏，觉得很痒，所以我就拿下来了。"

"原来是这样。"晴仁平静地点了点头，又一脸严肃地低头看参考书。

"读书的状况怎么样？"

"嗯，还不错。"

"是喔。"这次换我对他点头。

"你不要太拼了，现在需要好好休息身心。"

"我知道，但不瞒你说，这样看书心情反而平静。我看到头来，还是自己不适合做主管的工作。"

晴仁打算在六个月留职停薪期结束后，申请调回原来的部门。他似乎打算再考新的执照，磨练技术，从头开始。希望一切能够顺利。我不奢望他升迁，只希望他能够快乐工作。

因为想到从今以后，都要我一个人支付生活费、教育费、保险和房贷，必须持续支撑家计，绝对不可以倒下，未免太可怕了。一旦我倒下，这个可爱的家就会面临不幸。这种想象比我至今为止所听到、所看到的任何虚构故事更沉重、更黑暗，而且更可怕。虽然我之前一直追求平等承担育儿的负担，但在内心深处，仍然觉得晴仁是家庭经济的主力，我只是协助而已，把生活的责任都交给他。也许我们年纪的差异和年收入的差异也对我的意识产生了影响，但是，我在主张我们都在工作赚钱，所以是平等关系的同时，却从来没有想过自己成为家庭主要收入来源。这想必是一件很不公平的事。

晴仁应该看到了我内心的这种不安，所以在身体状况不错时一直努力为回到工作岗位刻苦用功。我既对他感到抱歉，但也很感激他。

在洗热水澡时，想起了弦卷带着不屑提到"优秀的人"时的声音。优秀。没错。结婚之后，我们就开始累积"优秀"。买房子，生儿育女，努力做一些不是优秀的人难以达到和维持的事，两个人携手一起完成一个人做不到的事。为了保护累积的"优秀"，努力扮演好各种角色。我也赚钱养家，成为母亲，成为妻子，也会视需要成为女人。但是，家庭完全不需要生田早百合这个在任何方面都不优秀的个人。

不知道晴仁现在在想什么。

虽然我可以立刻想起他抱着樱辅时的笑脸，也可以想起他顾虑我时对我展露的微笑，却无法想起生田晴仁是什么样的人。

我们结婚已经十年，这十年期间忘记了很多事。我目不转睛地看着吐出热水的莲蓬头细孔。

有时候，我会很想吃披萨。

在漫长的会议时，或是牵着樱辅的手走去保育园，在中途的路口时，都很想吃那种芝士融化到快要滴下来、一看就很不健康、吃了感觉会变笨、没有什么营养的披萨，但当然不是和弦卷分手那天吃的难吃的玛格丽特披萨，而是根本没有总汇到什么食材的总汇披萨。

在和客户开会结束后，我抽空独自去了那家有鱼尾狮雕像的汽车旅馆。我付了休息两个小时的钱，叫了总汇披萨。

装在扁平盒子内送到房间的披萨和那天一样，只有几颗玉米粒、切得像纸一样薄的洋葱和四片意式香肠，还有融化牵丝的芝士。

我咬了一口。甜味和酸味很协调的番茄酱汁和让人联想到马苏里拉的芝士在嘴里慢慢融化，我觉得生产这款披萨的冷冻食品公司很厉害。

的确很好吃。虽然这个世界上还有很多比这个更好吃的披萨，但在很普通的汽车旅馆房间内，心情放松地吃的这种平价披萨实在太好吃了，有点像小时候，背着父母藏在壁橱里的那些吃了会良心不安的点心味道。家里的壁橱、神社院落内、学校鞋柜后方、空无一人的教室。我在各种很少有人出没的安静黑暗中感到很自由。

离下午开会还有一点时间，我用手机设定了二十分钟后的闹钟，倒头睡在床上。我深深叹了一口气，闭上眼睛。

我曾经和晴仁一起走在黑暗中。

那是我们在联谊网站认识后的第三次约会。我们当时在镰仓,我忘了是不是要去钱洗弁财天,总之我们在车站附近,准备去一座距离稍远的神社。我们看着观光导览书上的一张很小的地图,在弯弯曲曲的小路上转来转去,走上坡道,经过小桥,当我们回过神时,发现来到了树影婆娑的山上。

"应该……不在这种山上。"

我拿着地图,回头看着走在我身后的晴仁说。晴仁的嘴角慢慢露出笑容说:

"应该不在这里,在这种连长满杂草的参道也没有的山上,如果有的话,应该只有狐狸的神社。"

"啊,真是的,对不起,我们往回走吧。"

"好啊,你走路小心。"

我们在只能听到两个人轻微的脚步声、树叶摩擦声和彼此呼吸声的宁静山路上牵着手走路。那是初夏季节,天气晴朗,走在路上有点渗汗,不时可以隔着茂密的树木,看到明亮阳光下的镰仓街道。

"感觉好像在探险。"

虽然白跑了一趟,但晴仁看起来很开心。

最后,我们走了两个小时,仍然没有找到想去的神社,而且运气很不好，没有拦到出租车。我们走累了，只好放弃去神社，走在几乎看不到观光客的小路上时，看到一家很小的茶屋，就走了进去。那家茶屋的蓝染布帘上用白色的平假名写了个"葛"字，静静地伫立在小路旁。

昏暗的店内没有其他客人，一个系着围裙、态度很不和善的中年女人坐在其中一张桌子旁，看着放在吧台上的小型电视。我们在四人座的桌子旁坐了下来，因为想吃冰凉的东西，所以都点了冰绿茶和葛根粉。

"不好意思，让你走了那么多冤枉路……"

是我提出要去神社，也是我拿着地图带路。我低头向他道歉，晴仁老神在在地说：

"没关系啊，山上很漂亮，而且迷路到那么远的地方，感觉有点像中了邪，反而很有趣。"

"不，我这个带路人太失职了，真的很对不起……"

态度很不和善的店员送来了冰绿茶和葛根粉，白色的葛根粉装在竹碗内，浮在冰水上，一看就充满清凉的感觉，蘸了装在小碗里的红糖蜜，呼噜噜吸进嘴里。

"咦？这个也太好吃了。"

比我先吃的晴仁惊叫起来，冰凉滑爽的葛根粉经过发烫的喉咙，滑入胃底。深沉的舒服感觉让我放在桌下的指尖忍不住颤抖。

我们忘情地吃着葛根粉，喝着冰绿茶，心满意足地走出了茶屋。

不可思议的是，想去神社时完全迷了路，却很快就回到了镰仓车站。

到底是从什么时候开始中邪的？那家葛根粉的店真的存在吗？如果想再去一次，是不是就找不到了？我记得我们在搭地铁回程的路上，开心地讨论着这件事。

"无论是怎样都没关系，和你一起探险很有趣，我认为这是共同生活中最重要的事。"

晴仁腼腆地抓着脖颈说道，这是他的第一次告白。

我听到了闹钟的声音，黄昏的横须贺线离我而去。我睁开眼，看到了吊在天花板的藤编材质的灯。这里不是镰仓的山上，而是东京都汽车旅馆内充满亚洲风情的房间。我又一次迷了路，目前正在家里饭厅看参考书的晴仁应该也一样。

黄金周时，我们决定分别在两个人的老家住几天。我和晴仁都太疲累了，没有力气去观光景点玩，幸好两家的父母都很担心我们的情况，所以欣然接受我们的打扰。

住在我娘家第二天的白天，我爸妈带樱辅去百货公司，我邀晴仁和我一起出门。

"要不要出去走一走？偶尔去看一场电影？还是想去散步？"

不知道是因为身体的关系，还是因为年纪大了的关系，晴仁走路不像以前那么稳，我牵着他的手走向闹市区。中途去便利商店买了饮料、零食、肉包子、炸鸡块和甜点，我毫不手软地挑选我们两个人都爱吃的食物。

"怎么样？我们要去野餐吗？"

我带着瞪大眼睛的晴仁，在深紫色招牌上用金色的字写了汽车旅馆名字、外观看起来过度奢华的建筑物前停下了脚步。晴仁应该马上就知道那里是汽车旅馆，不知所措地皱着眉头，身体向后退。

"对不起，这有点……"

在他留职停薪之前，我猜想是他压力最大的时候，他对性行为就已经力不从心了。因为这是很难处理的问题，也成为我们之间的一道隔阂。

但是，我今天并不是要他当男人，也不需要当丈夫或是父亲。

"你别想歪了，我们去野餐。我只想在没有其他人的地方，只有我们两个人吃饭，然后在床上滚来滚去。"

晴仁缓缓地眨了眨眼睛，然后眯眼仰头看着汽车旅馆。

我向柜台要求高楼层的房间，拿了钥匙后来到七楼的房间，周围并没有高大的建筑，而且窗户也没有封死，白色的阳光从青草色的窗帘缝隙中照了进来。

我把便利商店的袋子放在床头柜上，坐在双人床的床边，张开了双臂。晴仁缓缓地靠了过来。我紧紧抱着他，然后向侧面躺了下来。

好安静。可以隐约听到飞越上空的飞机引擎声。

晴仁的睫毛在比我视线稍微低一点的位置，随着眨眼的动作上下抖动。

结婚之后，我就看着他因为业务需要，为考各种执照努力用功的身影。他的参考书上总是用尺和彩色笔画上整齐的底线，空白处也写满了文字，充分咀嚼书上的内容。

但是，他目前在看的参考书上没有任何一个字，也没有彩色笔画的线，洁白的书页简直就像新的书。晴仁应该没有把书看进去，他应该看不进任何和工作相关的文章，但他隐瞒了这件事。只是我不知道他是因为不想承认，还是不想让我担心，搞不好他自己也不清楚。但我差一点犯下比偷情更严重的、无法挽回的错误。用乐观的方式看地图，随便乱走。

"我跟你说，"我幽幽地开了口，黑色的睫毛无声地上下抖动，"我觉得即使把房子卖掉也没关系。"

晴仁不发一语，我继续说了下去。

"无论现在是怎样的状况，我们都可以调整，只要我和你能够轻松过日子就好。即使和我们原本想象的未来不一样，即使在山上迷了路，只要我们两个人开心就好，我们当初就是以这种方式开始的。也许你已经不记得了。"

"我记得。"晴仁小声回答后，闭上了眼睛。即使隔着衬衫，我的臂弯也可以感受到他削瘦的后背微微颤抖着。

"我们一起继续走下去。即使会感到迟疑，即使会感到害怕，我也想一直和你在一起。"

我在说话时，身体微微颤抖着。我想起和最近很少碰到的弦卷一起去拜访客户时，他不经意在我耳边小声说的话。你不要以为可以当作什么也没发生。他的声音带着愤怒和执着的复杂情感。和当年走在树影婆娑的山上时相比，我们的脚步已经变得如此沉重。身上背着绝对不能丢失的宝物，疲惫、生病，扛着无数问题，带着死也无法说出口的把柄。身上的负担会越来越重，即使如此，我们仍然并肩而行，继续探险。

我们继续微微颤抖，就像从蛹羽化的昆虫。我们的手脚交缠在一起，把鼻子埋进对方的头发，回到既不是男人，也不是女人，既不是父亲，也不是母亲，既不是丈夫，也不是妻子的混沌状态。

当我们从短暂的睡眠中醒来，必定已经发生了蜕变。我带着这样的预感，闭上了眼睛。

飞越浓汤之海

刚引进不久的新车厢是明亮的银色。

车身带着弧度,在阳光的照射下闪耀着银白色的光芒,令人联想到蚕茧。隔着巨大的车窗,可以看到宽敞的葱绿色座位。因为是星期六的早晨,许多携家带眷的客人将两排座位转成面对面,还有看起来像是情侣的乘客坐满了座位。大家应该都是前往这班特急列车终点站的温泉街。

确认了车票上的座位号码,随着人潮走进车厢。车厢内几乎所有的座位都坐满了,只有正中央双人座位靠通道那一侧的座位空着,坐在窗边的珠理举起一只手向我打招呼。

"好久不见。"

珠理听到我的招呼声,发出了"嗯呵呵呵"的幸福笑声。她穿着富有光泽的淡紫色长裙,搭配一件轮廓柔和的衬衫,脸上的妆容也很整齐。今天的她看起来是日子过得很悠闲的贵妇,绝对不会想到她会在深夜十二点传来"家里的老二晚上哭闹不停,我好不容易哄她睡着了,结果老大吃醋,也起来哭闹,两个人都不肯睡觉,简直就是地狱"的讯息,然后还附上一个猫在大哭的贴图,仿佛过着水深火热的生活。

我穿着几年前就开始穿、已经洗得很旧的衬衫型连衣裙搭配牛仔外套,一坐下来,立刻从托特包里拿出两罐冰啤酒。

"就等这一刻了!"

特急列车在列车员的广播声中出发了,窗外的风景急速后退。我拉起啤酒的拉环,把啤酒罐拿到嘴边,仰头喝了起来。冰凉的碳酸宛如金色的流星群滑过我的喉咙。

"中午之前就开始喝啤酒……"

我忍不住叹着气,身旁的珠理频频点着头。

"真的不妙,快受不了了。"

"今天完全不要去想那些烦心的事。"

"OK!要成为全世界最白痴的醉鬼。"

嗯呵嗯呵。嗯呵呵。我们像妖怪一样相视而笑。特急列车穿越才刚清醒的街道,驶向秋日的山中。

虽然现在变成了妖怪,但我们平时是很平凡的人类。我在贩卖运动用品的公司任职，珠理是保育员。我们的孩子都在保育园读中班，珠理去年又生了一个女儿。

要不要出远门？那一天，我这么邀约她。

从保育园接了儿子的回家路上，去超市买菜时，我猛然发现自己把一盒鸡肉拿起来又放回货架，来来回回差不多有十次。

那是切块的鸡腿肉。嗯，可以做炸鸡块。老公和儿子都很爱吃炸鸡块（拿起鸡肉）。但是两天前已经吃过炸鸡块了（放回货架）。不，先买回去，放在冷冻库，哪天下班晚回家时，就不用再出来买菜了（拿起鸡肉）。冷冻后的鸡肉用起来很不方便，如果担心哪天家里没有食材，还是买培根比较好吧（放回货架）。但是鸡肉很便宜，而且今天又有特价，也可以用来做炸鸡块以外的料理……用来做炖菜，也可以同时吃到根茎菜和菌菇类（拿起鸡肉）。不不不，即使做炖菜，儿子也只吃肉，今天没有力气哄他或是骂他，逼他吃其他蔬菜。如果想让他吃蔬菜，可以做大阪烧这种蔬菜和肉混在一起，他不得不一起吃的料理（放回货架）。咖喱呢？咖喱怎么样！把蔬菜切成小块，再加入黄油，父子两人都会大口吃吧（拿起鸡肉）。啊，等一下回去还要煮咖喱吗？真的假的？离带儿子上床睡觉只剩下不到两个小时了（放回货架）。

因为来来回回拿了好几次，包在鸡肉外的保鲜膜上留下了淡淡的手指压痕。最后我没有想好该煮什么，还是把那盒鸡肉放进了篮子。

当我看向购物篮时，不禁大吃一惊。

一边在脑袋里盘算，一边逛了整家店后，买了三天份的鱼、肉、蔬菜、干面和调味料，但其中没有任何一样能够刺激我的食欲。购物篮内的鸡肉、小白菜、蟹味菇和冷冻乌冬面当然都没有问题，但我完全没有"我想要这样吃"的想法。

我是不是有点累了。

"妈妈，小拓在那里！我们去那里。小拓！小拓！小拓！"

儿子似乎在店里看到了保育园的同学，随时准备冲出去，我轻轻抱住他的头，不让他离开。

"小佑，妈妈问你，你晚餐想吃什么？"

儿子瞪大了眼睛，不再连声叫着"小拓"的名字，想了十秒左右，露出了像向日葵般的笑容。

"呃，呃……我想吃松饼！"

我不该多嘴问他。我突然意识到自己很累，没有做主菜的力气，推着购物车走向熟食区。松饼、松饼。儿子的脑袋已经切换到松饼模式，我告诉他，不能把甜食当晚餐吃，然后物色着货架。那就买这个吧。我把价格最适中的可乐饼放进了购物篮。既然吃油炸食物，那就要配卷心菜。于是又走去蔬菜区。啊，但是这孩子几乎不吃生卷心菜。我动摇了一下，最后决定用家里剩下的蔬菜打个蛋，做成蛋花汤，这才终于决定了今天晚餐的菜色。

"喔，今天吃可乐饼吗？"

因为加班晚回家的丈夫看到桌子上用保鲜膜包起来的盘子里有卷心菜丝和可乐饼，兴奋地问道。

"嗯，因为来不及，所以买了超市的。"

"完全没有问题，工作忙的时候买现成的就好。那我就开动了。"

丈夫自己加热了可乐饼和白饭，把装了蔬菜汤的小锅子加热。我丈夫是个好人，即使坐在椅子上，也会很勤快地站起来做事，也会帮忙洗衣服。

但是，他说"没问题"，简直就像是他掌握了有没有问题的决定权？

不，我太累了，才会挑他的字眼。明天开会要用的资料还没有整理好，也有几封电子邮件必须马上回复。而且保育园下个星期要开家长会，要讨论之前的家长会委员没有顺利交接引起的问题。

六个五百元的可乐饼并不好吃，蔬菜汤虽然不难喝，但也不好喝，普普通通，缺乏精采。儿子几乎没有喝汤，我斥责他，叫他张开嘴，他才总算喝了三口。

这顿没有人爱吃的晚餐到底是怎么回事?

当我回过神时,发现自己拿起了手机,给珠理传了讯息。

"要不要出远门?"

三十秒后,珠理立刻回了我的讯息。

"我要去!我们去旅行!"

那天,珠理把时下流行的、已经调味完成的食材全都放进耐热容器内,用微波炉加热就做好的料理完成时,她娘家妈妈刚好也在旁边,还微妙地叮咛她说:"你自己吃的话无所谓。"

"你不觉得女人理所当然地必须为家人花很多时间和心力下厨这种想法,根本已经跳跃平成时代,而是昭和年代的想法吗?"

珠理把肩膀以下都泡在乳白色的温泉内,把嘴唇嘟得像鸭子嘴般说道。虽然她一向这么诙谐幽默,但我约她出远门,她二话不说就答应,可见她也累积了不少压力。这里的温泉温度偏低,即使长时间泡在水里,也不会觉得吃不消。我在浓稠的温泉中一边按摩着腿,一边附和她。

"我觉得我们这个世代的人,有很多人都因为和自己的妈妈不合而吃了不少苦头。"

"因为家庭观念和对工作的态度都大不相同,彼此都不知道该聊什么比较好,但还是很感谢她在我们全家都感冒时来帮忙。"

这时，珠理目不转睛地看着我的眼睛。

"怎么了？"

"没有啦，我只是觉得你妈很聪明，那时候也觉得她很新潮。"

"嗯……这也很难说。"

我猜想珠理在几秒钟之前，已经忘记了我妈妈早就已经去世这件事。她似乎为这件事感到不好意思。

"我猜想如果我妈还活着，应该和你家一样，因为不了解对方的状况，为很多事发生争执。"

"是吗？我听我妈说，你妈妈很注重你的教育，也很为你的未来着想。"

"我妈……我想她应该想到自己去世后的情况，所以希望我功课好一点，以后能够当上公务员，这样她就能够比较安心。"

"那你妈很好啊。"

"不，她开口闭口就要我去读书，而且随着病情逐渐恶化，个性也变得很不好相处……和她在一起并不会感到很放松。"

"这样啊。"

我妈在三十多岁时罹患了癌症，和病魔对抗了十年后去世了。她去世时，我还在读初中，当时和我同班的珠理也来参加了葬礼。

葬礼结束后，我送她到会场入口。身穿校服的珠理哭丧着脸，用力抱住了我的身体。我们当时年纪还太小，无法不做出这种激烈的反应，就接受眼前发生的许多事。珠理并没有坚持"你妈真的很好"，也没有不必要地安慰我说"你也很不容易"，只是随口说了声"这样啊"，接受了我的说法，我认为她真的长大了。

泡完澡后，我们换上了温泉饭店借给客人穿的浴衣，回到了我们的房间。我们在放了行李的客房内各自滑着手机，保养皮肤，欣赏着窗外的山景，穿着工作服的女人用很大的托盘为我们送来了午餐。我们挑选了当日来回的泡汤行程，入浴后，可以在房间内吃行程所附的午餐。

午餐充满了秋天的风情。加了蘘荷、生姜、紫苏和蒜泥等大量佐料的鲣鱼生鱼片，还有虾子、帆立贝、舞菇、尖椒炸的天妇罗，菌菇鲑鱼茶碗蒸，醋腌食用菊和小黄瓜，茄子泡菜，栗子浓汤。甜点是水羊羹。

那就茶碗蒸和浓汤吧。我看到眼前的菜色后立刻这么想，几秒钟后才想到自己搞混了，今天不需要留给儿子吃，不需要留下生鱼片，以防儿子想要吃我的份，也不需要先把茶碗蒸捣碎吹冷，以免太烫儿子无法吃。

我们用冰梅酒干杯，然后拿起筷子吃了起来。

臼齿咬佐料感受到的凉意，和尖椒淡淡的辣味，以及食用菊带着酸味的口感，都像在嘴里吹起了阵阵旋风。

"哇，太好吃了。"我忍不住脱口说道。坐在餐桌对面的珠理也深有感慨地说:"已经是秋天了,太棒了。"

"平时做菜时就像拼图一样,想着家人喜欢吃的菜、营养和要让儿子练习吃生蔬菜,渐渐忘记了自己想吃什么。"

我把还带有青涩味的茄子泡菜放进嘴里说道。珠理舀了一匙茶碗蒸,小心翼翼地吞下去后,连续点了好几次头。

"每天晚餐都是经过深思熟虑后做出来的,仔细想一想,每天持续制作并不是基于自己想吃这个的理由搭配出来的料理,这种行为实在太疯狂了,而且家人也未必喜欢吃我们做出来的这些料理。"

"的确,小时候的确从来不会把吃饭当成是一件快乐的事……"

除非肚子很饿,否则在玩的时候,或是在看漫画时,即使听到"来吃饭了",也不会感到高兴,反而觉得很麻烦,我曾经有过不止一次这样的经验。下厨的人看到这种反应会很火大,但吃饭的人内心的感觉完全不一样。

我回想着小时候的事,淡奶油色的浓汤在嘴里扩散。口感温润浓醇,甜味很有层次。

"不瞒你说,我几乎不记得我妈做的菜。因为我小时候就爱吃炒面和奶油焗烤之类的菜,所以我妈应该做了这种菜给我吃……我唯一记得的事,就是有一次,她在味噌汤里加了西葫芦,我就向她抱怨说，哪有人在味噌汤里加西葫芦的。这是我唯一清楚记得的事。"

"是喔，她为什么会在味噌汤里加西葫芦？"

"我猜想是因为她身体不舒服，没办法出门去买菜，只不过我是在她去世之后，才想到可能是这个原因。"

现在也有很多新潮的味噌汤会加入各种夏令蔬菜，但那时候几乎都是加葱和豆腐、裙带菜这种经典的味噌汤。正因如此，我感到很震撼。

"所以我根本不知道我妈爱吃什么。既然她身体不好，照理说可以叫外送，但她用冰箱里剩的西葫芦来煮味噌汤……可见她还是很注重形式，或者说努力当一个好妈妈。平时做菜应该也顾虑到营养、每个月的餐费开销，还有我和我爸爸爱吃的菜之类的问题，在我的记忆中，从来没有看过她高兴地吃什么东西。"

"嗯……听你这么说，我好像也不知道我妈喜欢吃什么，甚至从来没有想过这个问题。"

珠理喝完了梅酒，把瓶装啤酒倒进杯子，大口喝了起来。她用小毛巾擦了嘴唇上的气泡后继续说道：

"我想大家应该都差不多，在妈妈身体还很好、经常见面的时候不好意思问，甚至根本没想过要了解，等到想要问时，已经无法再见到妈妈了。"

看到珠理喝得这么豪爽,我也把啤酒倒进小杯子。一口气咕噜咕噜喝了半杯。

"在我家的育儿问题上也有这种情况。我知道我儿子爱吃松饼、拉面和蛋包饭,对他爱吃的东西简直如数家珍。还有我老公爱吃的食物。但他们两个人并不知道我爱吃什么。"

不仅他们不知道,我现在也不知道自己爱吃什么了,所以认真当好妻子和母亲也有问题。我妈妈是不是也忘了自己喜欢吃的东西?

珠理似乎有了些许醉意,眯起快睡着的双眼露出了微笑。

"素子,你现在也会觉得有点寂寞吗?"

"嗯。"

"比起孩子把你视为妈妈和你相处,你更希望孩子能够记住你这个人吗?"

"……但这是我长大之后,才有这样的想法。小时候虽然每天吃餐桌上出现的料理,但好像根本没有看有什么菜,浑浑噩噩,完全麻木不仁,也对父母根本没有兴趣,这也是无可奈何的事。"

我知道自己说这些根本无济于事。我把在汤匙上微微隆起的栗子浓汤送进嘴里。对妈妈虽然眷恋,却无法将她视为一个独立的个体。麻木不仁的海一定是这种温润的甜甜滋味。

"我相信只有小孩子麻木不仁,素子,我想你妈妈宁可让你继续当小孩子。一旦有了烦恼,就会想很多,即使在班上,也可以一眼就看出这种同学,啊,好像有点长大了。话说回来,这也意味着每个人有不、同、的、人、生……"

珠理在说话的同时,慢慢爬了起来,伸手拿了放在榻榻米角落的皮包,从皮夹里拿出一张折起的粉红色诗笺般的东西。

"找到了,给你。"

"这是什么?"

"上个月我生日时,我家儿子给我的。"

看起来像是裁成两半的色纸上,用黑色铅笔写着"所有美梦都成真"的平假名。字迹大小不一,歪歪扭扭,一看就知道是小孩子写的字。

"我想他写给我的意思是,只要我拿出这张纸,他就会马上把东西整理好,或是帮我做事,但'所有美梦都成真'这句话,你不觉得很厉害吗?"

"但这么重要的东西,我不能收下。"

"没关系,没关系,我家里还有三张,你拿着吧。这是只有身处麻木不仁之中的人才做得出来的魔法券,搞不好会有什么好事发生。"

"谢谢。"我道谢后,仔细打量着手上的券。

所有美梦都成真。

我在脑海中复诵着这句话,眼睑内侧有一片白色的海洋。那是暖洋洋的、麻木不仁的海。

在吃午餐时,我们除了梅酒,还喝完了一瓶中瓶啤酒和两小盅日本酒。浑身有一种飘飘然的感觉,离退房还有一点时间,我们决定躺三十分钟休息一下。

"啊,对了,趁我没有忘记。"

我把托特包拉了过来,把珠理之前托我买的哨子样品放在桌子上。她说保育园用的哨子坏掉了,想要看最近卖得比较好的商品。

有金属哨子、塑料哨子,还有里面有一颗圆球的传统哨子,以及细长形的哨子和彩色哨子的样品。我把五个值得推荐的哨子放在桌子上,珠理打开和室的窗户,拿起每一个哨子,对着眼前的山峦哔、哔吹了起来。

柔和的笛声轻轻抚摸山上的棱线,一直向远方延伸。

特急列车停车的车站每隔三十分钟就有一班到山麓温泉会馆的公交车,走路也只有十五分钟左右,我们来的时候一路走过来当做散步。回程的时候因为喝了酒的关系,我们讨论后决定搭公交车。

没想到温泉会馆前的环形交叉路口变成了一片白色的海洋,

宛如装满了浓汤。

会馆的职员匆忙地走来走去，听说温泉的温泉水漏了，但因为附近一带都淹了水，所以目前不知道漏点在哪里，而且职员很纳闷地说，这里温泉的涌水量并没有那么多。

职员满脸歉意地耸了耸肩说，公交车没办法行驶，然后借了海滩拖鞋、毛巾和塑料袋给我们，叫我们把鞋子和袜子装进塑料袋，拖鞋和毛巾丢在车站的纸箱内归还。因为车站所在的地势较高，所以列车照常行驶，而且也有职员站在危险的地方协助，叫我们不必担心，但沿途要小心。我们换上了海滩拖鞋，告别了职员，拉起裙子，折起裤管，走进了及膝的海。

"没想到竟然会有这种事。"

"好像在泡足浴，感觉很舒服。"

珠理的醉意似乎还未全消，她一路哼着歌前进。

会馆周围虽然很多人，但一走进街上，就完全看不到人影，在危险的地方也没有看到任何职员的身影，放眼望去，到处都是一片平坦的白色浅滩，完全不知道那里是空地还是农田，或者是停车场。

"根本没看到人。"

"刚才说还没有找到哪里在漏水，所以可能都分头去找了吧。"

我有点不安地东张西望，发现有很多房子看起来像空房子，所有的商店都拉下了铁门。除了我们以外,路上没有任何行人。

眼前的景象完全变了样,我们似乎在哪里走错路了。

我们始终找不到成为记号的加油站招牌,迷失了往车站的方向。

"真伤脑筋。"

"要不要先回会馆?"

"等一下,我看一下地图应用程序。"

珠理大胆地掀起了长裙,把裙摆打了一个结,变成了迷你裙,看了手机后皱起眉头。

"这里没有信号。"

"信号出问题了?"

"可能吧,而且这里是在山区,原本信号就可能比较弱。"

"嗯。"

这下子真的走投无路了。我在自己的托特包里翻找着,看能不能找到什么东西可以派上用场。

"这种时候,不正是哨子大显身手的好机会吗?"

"有道理。"

我把珠理刚才选中的那个线条带着弧度的柠檬黄哨子交给她,然后把自己参与开发的银色细长形哨子放在嘴里。

我们边走边哔、哔吹了起来。附近完全听不到说话的声音、列车的声音和任何生活的声音,清脆的哨子声响彻了泡了温泉水的街头。

哔、哔、哔、哔。

我觉得我们就像在求助的雏鸟。

"啊,好像有声音。"

劈鸣。不知道哪里传来比我们的哨子声音稍弱,但可以感受到明确意志的声音。我们循着那个声音,转过街角,穿越小径。劈鸣、哔、哔。柔和的口哨声来自一家很有历史的洗衣店二楼,一楼店面拉着铁卷门,一个穿着深蓝色 T 恤和花卉图案七分裤的中年妇人站在二楼的阳台上,看到我们后,向我们挥手。

"你们遇到什么麻烦了吗?"

"不好意思,我们想去车站,但迷路了。"

"车站不在这个方向,最好等水退了之后再去,你们可以从旁边的楼梯走上来。"

妇人说话时,指着房子侧面的侧梯。我们就像遇难的人终于来到岛上一样,走进了她家。

二楼的房间整理得很干净,也没有太多东西。四坪大的和室内放着衣柜、电视和矮桌,叠起的被褥放在房间角落。她应该就在这个房间内生活。

"你们的长裤和裙子都湿了,穿在身上很不舒服吧,我帮你们拿去洗。"

我们借了她家的浴室冲了脚,她借给我和珠理各一条宽松的短裤。谢谢。我们道谢后换上了短裤,然后在和室找位置坐了下来,突然感受到强烈的睡意。因为我们喝了酒,而且又在温热的水里走了半天,紧张的心情一旦放松下来,就感到昏昏欲睡。

"没关系,如果你们累了,可以躺下来睡一下,等水退了之后,我会叫醒你们。"

妇人的声音听起来很善解人意。不好意思,真的很不好意思。我嘴里小声嘀咕着,靠在墙上休息起来。

她似乎正在吃饭,矮桌上放着还没吃完的料理。鸡蛋淋在饭上,还有小番茄、胡萝卜、萝卜和小黄瓜腌的彩色西式泡菜,还开了水煮鲑鱼中骨罐头。

看着看着,我觉得兴奋得坐立难安。这个妇人一定从来不吃自己不喜欢的食物,因为从她清爽的餐桌可以感受到这种果断和喜悦。

妇人继续吃饭,筷子尖碰到餐具发出了轻微的声音。她脸上的表情淡然,甚至有点慵懒,但双眼微微发亮。

"有时候会遇到这种情况,你们不必担心,等一下就可以回家了。"

"好。"

我知道这个人不是我妈，但我好像在哪里看过我妈神采飞扬地吃什么东西的瞬间，但并不是和家人一起吃饭的时候。我曾经带着不可思议的心情看过几秒钟这样的景象。

妇人把小黄瓜泡菜送进嘴里，发出了滋润的声音。

"啊！"

深夜时，妈妈在厨房吃苹果。切成一口大小的苹果没有削皮，还留下了红色的皮，装在小碗里，上面插了牙签。我去上厕所时刚好路过，忍不住"咦？"了一声，妈妈把还剩下很多块苹果的小碗递给我，说我可以全部吃完。

我当时为什么会接下来？早知道应该和妈妈一起吃。

妇人放下了筷子，在喝麦茶时转头看着我们说：

"你们很会用手指吹口哨，我刚才窗户关着，也听得一清二楚。"

"……啊，那不是我们吹的口哨。呃……"

我摇着沉重的脑袋，伸手拿起托特包。我很想睡，随时都会倒地睡着。我发现珠理趴在榻榻米上，缩着身体睡着了。我移动沉重的手腕，把刚才给珠理一个之后还剩下四个的哨子样品放在榻榻米上。

"谢谢你救了我们，你可以挑选一个喜欢的，让我聊表心意。"

"可以吗？"

妇人迟疑了几秒钟，最后拿起了银色的细长形哨子。

这个是我最推荐的。我笑着说话时，眼皮垂了下来，被吸入了好像天鹅绒般发着光的黑暗中。

小姐，小姐。有人在叫我们。小姐，退房时间到了。我猛然坐了起来，发现嘴边到下巴有什么温热的东西。哇，是口水。

眼前是熟悉的和室，这里是我们上午造访的温泉会馆内的房间，窗外是开始出现红叶的山景。

声音从关上的纸拉门外传来。

"啊。好！不好意思，我们马上就离开。"

了解了。那个声音淡然地回答后，脚步声渐渐远去。

躺在桌子另一侧的珠理缓缓坐了起来，脸上有榻榻米的印子。她缓慢地环顾室内。

"珠理，惨了，已经过了退房时间。"

"啊，什么？不会吧？"

我们慌忙整理好衣服，擦掉口水，拿起行李冲出房间，在柜台办理了退房，然后走出温泉会馆。

挤满游览车和出租车的环形交叉路口很干燥，午后和煦的阳光将路口照得有点刺眼。我带着无法释怀的心情坐上了往车站的公交车。

"刚才睡得好熟。"

"我也是。"

车窗外是一片随处可见的清静街景,我瞪大眼睛,试图在小巷深处寻找是否有洗衣店,但并没有发现。

"虽然睡得很熟,但觉得很累……是不是泡澡泡过头了?不好意思。"

珠理向我打了声招呼,跷起了二郎腿,从裙摆下露出的小腿有一半都红了,简直就像刚泡完足浴。

哔。我站在月台上等待特急列车时,对着群山环绕的温泉街吹起了哨子,希望我和珠理,希望活在此刻的所有母亲,以及住在其他地方的母亲,都能够吃到自己想吃的东西。

"你在干吗?"

"没干吗。"

特急列车即将驶入三号月台。在广播声的回音中,我确实听到了。

哔。山的尽头响起了清脆的哨子声。

相约泡芙塔

我想把土豆色拉装盘。

我想到了那个陶制的深碗，苍蓝色上有许多白色星星，令人联想到冬日的夜空。粉红色的明太子土豆色拉压成球状装在那个碗里，看起来就像是飘浮在宇宙中的孤独行星。我内心带着这样的期待，踮起脚尖，把手伸向碗柜的最上层。那个碗拍照很好看，所以我很喜欢，平时也经常使用。

我像平时一样用指尖勾住碗的边缘，像平时一样把碗拉出来，但我也搞不懂为什么会发生那种事。

深碗滑过我的手指，旋转着掉了下来。下一刹那，就在地上摔得粉身碎骨，简直就像一滴水掉在地上般轻而易举。我注视着蓝色陶瓷片，愣了三十秒左右后，抓起手机，打电话给雄牙。

"黑夜深碗摔破了。"

"……这样啊。"

电话那一头的雄牙声音很冷淡。他可能正在外面,电话中可以听到人声和风声。

"你可以再帮我烧一个吗?因为我常用,少了这个碗,我会很伤脑筋。"

"夜子,你真的还是老样子。"

他厌烦的声音中带着不悦。他为什么会发出这种声音?是因为我很久没有和他联络的关系吗?雄牙是我的前男友,当时也是我的工作伙伴。

"我问你,你知道今天是星期几吗?"

"呃……嗯。"

"今天是星期天,我应该曾经告诉你,我已经结婚了,我们全家一起来公园。"

"这样啊,真不错。"

"这不是重点吧。"

他的叹气声湿了我的耳朵。他说话还是那么拐弯抹角。和家人共度的幸福日子,接到新的订单不是锦上添花吗?而且以前交往时,他和我工作起来都不分平日和假日,周六和周日接到工作的联络也是理所当然的事。结婚之后,人就会改变。改变当然没问题，但是认为周围的人也要跟着改变的想法，让人无法苟同，至少我无法这样轻松切换。

"不好意思，假日打电话给你，那我订三个作为道歉，我还想要同系列的盘子和吃荞麦面的小碗。"

"不，不光是这样。对你来说，也许只是很好用的餐具而已，但对我有不同的意义。至少你不应该这样草率地打电话来订购，完全没有任何情感上的体贴。"

"我只是委托工作，还需要有情感上的体贴吗？"

那个深碗的确有点特别。那是我们关系很好的时候，雄牙特地为我制作的生日礼物。那时候我开始在料理界小有名气，在造访人数持续攀升的个人料理博客上发文时，这个深碗出现过好几次，大家都说很漂亮，还说可以让日常的料理看起来像艺术品。因为深受好评，之后以深碗为主，推出了一系列使用蓝色釉药的作品"黑夜餐具系列"，目前也是雄牙工房内最受欢迎的经典商品。当时，我们热爱、提升了彼此的才华，于公于私，都是最理想的伙伴。

但是，这一切都已经结束了。

"你也该放下了。"

"我最讨厌你这种大刺刺的个性。"

"你讨厌我也没关系，工作和喜欢讨厌是两回事。"

"你当初甩了我,却想要我做的餐具吗?"

"算了。"

我觉得我们永远都在鸡同鸭讲。烦躁超越了忍耐,我不假思索地挂上了电话。雄牙立刻回拨给我,我把手机调成静音,不理会他的来电。

这下子该怎么办?又必须从头开始构思了。少了那个深碗的确很伤脑筋。我转过头,无助地看着金属盆内的樱花色土豆色拉。

住在埼玉老家的妈妈告诉了我幸最近的情况。

幸的妈妈和我妈在我们的初中入学典礼上认识之后,就一直是好朋友。再加上住得很近的关系,以前在读书时,我们两对母女经常一起去看舞台剧或是听音乐会。

"听说小幸最近回到娘家了,你听我说……将太上个月死了。"

"什么?"

将太是幸的儿子,今年四岁,我之前曾经寄过几次生日礼物给他。

"我不知道这件事,到底是怎么回事?"

"他从公园的游乐器材上摔了下来,刚好摔到头……真是太惨了。"

"无论如何,我回去看看,我后天傍晚就会到家里。"

"我等你。"

我已经一年没有和幸见面了。

一年前,在参加同学会结束后回家路上,向她挥手道别时,我觉得和幸的朋友关系应该到此为止了。

因为她这几年的变化太大了。她原本在比利时糖果厂商的日本分公司做业务工作,和她妈妈一样喜欢欣赏舞台剧,跑马拉松也是她的兴趣之一,是一个很活泼的人。她因为怀孕辞职之后,就不再去看之前喜爱的演员演出的剧目,也没有再参加以前每年都不缺席的马拉松比赛。

如果以为她有了什么新的兴趣爱好,那就错了。我们有时候会用社交软件聊近况,自从将太出生后,她的话题几乎都是育儿的事,完全不提除此以外的话题。因为要缴房贷,所以她的衣服越来越朴素,即使邀她去听现场演唱或是去旅行,她也都拒绝,说老公会不开心,而且将太离不开她。

如果说,进入家庭就是这么一回事,我也无话可说,但我觉得之前一起玩乐世界的渡部幸这个女人消失不见了,感到很无趣。幸也常对我说,"夜子,你很自由""你很时尚""你有自己的工作",似乎和我保持距离。

"你会不会太累了?"

同学会结束后,我们一起去咖啡店时,我小声问她。说自己好久没有喝醉酒的幸，喝着拿铁满不在乎地笑着说：

"你为什么这么问？我很好啊。"

"因为你脸书上发文都是关于将太的事。"

"当妈妈就会这样，很多事都忙不过来。要做家务，要去采买、照顾孩子，还要接送孩子去上才艺班，一眨眼的工夫，一天就结束了，但这样的生活很充实。家人的笑容比自己的笑容更能够让人感到幸福……"

"哇，好伟大。"

每个人在结婚之后，都会有这种菩萨心肠吗？幸笑了笑，天真无邪地说：

"夜子，等你结了婚，有了孩子之后，你就会知道了。到时候，你就不会再做单身族一个人吃的料理，而是升级到给全家人吃的料理。"

"升级……"

原来给全家人吃的料理就等于升级了。彼此的感觉一旦发生分歧，就很难再吻合。我们也许已经走上了不同的路。我带着这样的心情，在下着小雨的车站前向她挥手道别。

没想到会以这样的方式再次见到她。

"这是夫妻必须一起克服的问题。"

或许是因为窗帘都拉起，也可能是地上积了灰尘的关系，虽然客厅整理得很整齐，但有一种荒凉的感觉。幸的妈妈眉头深锁地说：

"我能够体会她恨浩次为什么没有照顾好将太，但是，这种时候夫妻更要团结。因为最痛苦的就是浩次啊，没想到她整天关在房间内不出来……我对她婆家也很不好意思。唉，将太……为什么会这样，将太……他叫我婆婆的声音很可爱，可爱得简直连耳朵都要融化了。真希望可以再听他叫我一声婆婆……"

我妈一脸沉痛的表情摸着泪眼婆婆的朋友的后背，我不置可否地附和了一声，起身走向二楼。

幸在将太的葬礼结束后就回到了娘家，整天躺在自己的房间，连饭都不好好吃。以前读书时曾经来过幸位于二楼的房间好几次，如今关着门，即使我敲门，房间内也没有任何响应。我试着转动门把，却无法打开，手掌感受到门把坚硬的感觉。

"幸，我是夜子。"

我叫了一声，舌头悬在口腔内。

我想说些什么，又该说些什么呢？我打量着沉浸在悲伤中的房子，楼下两个妈妈的啜泣声顺着楼梯爬了上来。

"要不要出去走一走？今天外面很暖和。"

门内仍然一片静悄悄。

"还是你想留在这里？"

我向她确认。

等了慢慢数到十的时间后,我听到了地板挤压的声音。

即使是深陷在很深、很深、很深,深得像马里亚纳海沟那般的悲伤之中,但看在旁人眼中,也觉得是不是因为生理期,所以身体有点不舒服。这是我看到好久未见的朋友时的感想。幸穿了一件淡绿色的运动衣,下半身穿了一件浅色的运动裤,穿上运动鞋后,跟着我出了门。她齐肩的中长发翘了起来,因为没有化妆,所以眉毛只剩下半条,嘴唇很干,脸颊绷得很紧,但就只是这样而已,她看起来还是一如往常的幸。

真的很庆幸天气稍微回暖了。如果正值冬季,甚至无法带她出门走一走。我们走在河边的散步道上,欣赏着从民宅围墙内探出头的梅花。读初中的时候,我们上下学经常走这条路。我走在她前面,幸既没有看风景,也没有看我,垂着双眼,看着我小腿的位置。

"没想到那里开了一家店。"

中途看到一栋民宅将一楼重新装潢后,开了一家漂亮的咖啡店。我在说话的同时转过头,忍不住大吃一惊。因为幸完全没有任何预兆,也没有发出任何声音,只是稍微噘起下唇,露出有点为难的表情,但大滴的眼泪扑簌簌地从她的两个眼睛中流了下来。

她看着我,微微皱起眉头,然后低下头,向我伸出手掌,似乎不希望我打扰她。

虽然只要一瞬之间就可以流下眼泪,却需要很大的力气才能让眼泪不再继续流。幸皱起眉头,用手背擦着眼睛,喉咙不时发出啜泣声。带狗散步的人和穿着运动夹克慢跑的人经过我们身旁时都移开视线,不看正在哭泣的她。

等了五分钟左右,幸终于收起了泪水。

"要不要休息一下?"

我指着刚才那家咖啡店,幸一脸疲惫的表情点了点头。

那是一家包括吧台在内,总共只有十个座位的小店。我点了咖啡,幸点了奶茶,然后我们坐在窗边的餐桌旁,看着泛着银光的河面。我想起以前在弥漫着便当味的教室内,听着广播中传来《满天晚霞》的歌声,走在回家的路上时,我们经常一起共度这种无所事事的时间。

"你喜欢娘家吗?"

我随口问道。幸无力地耸了耸肩。

我回想起她家昏暗的走廊、啜泣的声音和锁上的门。我不想让她回到那个充满悲伤的家里。下一刻,我立刻发现,我现在可以做小时候无法做到的事。

那是像肥皂泡无声破裂般似有若无的淡淡喜悦,也许这并不是太善良的喜悦，感觉像是我想试试自己的能耐。但是，至今为止，我从来不曾在内心发现过不存在丝毫愧疚、百分之百纯洁的好意。如果要求百分百，我应该无法做任何事。

我们喝完了饮料，身体暖和之后走出了咖啡店。

"你来我家吧，我认为这样比较好。"

幸听到我这么说，眨了眨那双黑色大眼睛，像一只聪明的猫一样悄悄看着我的眼睛。我感到有点害羞，但还是注视着她的眼睛。

幸看起来在犹豫，也许她目前的精神状态无法思考。我牵起她的手，她指尖用力，但立刻抽出手，然后握住了我的手掌。我们像在继续散步般一路走去车站，我为身无分文的幸买车票。

我按下售票机按钮的指尖有点麻木。我不知道这么做是对还是错，但我踏出了这一步。

非假日的地铁列车上没什么乘客，但穿着居家服、脸上完全没有化妆的幸坐在列车上还是让人觉得很不可思议。我必须把毫无防备的她安全地带到我位于东京都内的公寓，我觉得好像在保护什么易碎的物品。坐在座位上，阳光照在肩膀和脖子上很暖和。列车出发后不到十分钟，幸原本上下抖动的脑袋用力垂了下来。

当天晚上，我猜想幸的肠胃目前很弱，吃不下太多东西，于是就用鸡胸肉和萝卜泥加生姜煮了汤。

我装了满满一大碗汤,连同汤匙一起放在她面前。不知道为什么,幸一脸目瞪口呆地注视着琥珀色的汤。

"怎么了?"

即使我问她,她也没有反应。

啊!该不会……?我还来不及紧张,泪水已经从她的双眼流了下来,然后她又抽抽噎噎地哭了起来。沉浸在悲伤中的人,就像吸满了水的海绵,只要一点点契机,水就会溢出来。

我看着哭泣的幸,吃着为自己做的裙带菜饭团,然后舀了一口汤送进嘴里。原本觉得油会造成肠胃的负担,所以刚才没有用油,但还是加点油比较好喝。我起身拿了麻油,滴了几滴在自己的汤里。

当我吃完时,幸终于拿起汤匙,把汤送进嘴里。

"真、真好吃。"

她语带悲伤地说,泪水从眼角流了下来。

吃完饭,我借了睡衣给满脸憔悴的幸,然后在客房内铺了被子,让她睡在那里。

虽然我刚才传了电子邮件给我妈,但手机设定成静音。我拿起手机一看,果然不出所料,有一整排未接来电,都是我妈打来的。我走去阳台回电话给我妈,以免吵醒幸。

"你为什么自作主张！"

"对不起，但是如果我先说的话，你们一定不会赞成。"

"这是理所当然的啊，小幸目前的处境很困难。"

"我知道，如果她看起来不舒服，我会带她去医院，也会带她去心理咨询。"

"我不是说这些！唉！"

我妈发出了烦躁的声音。

"我是说她面临离婚的危机！她没有安慰留下心理创伤的丈夫，回到娘家整天睡觉就已经很不妙了，如果她的公婆知道她和朋友跑出去玩，怎么可能谅解她？你要动动脑筋！这个世界没有你想的那么简单，你希望看到小幸离婚吗？"

"我们没有跑出去玩，刚才她只喝了一点汤就去睡觉了。"

"无论实际情况如何，如果对方这么想，就无法挽回了。"

"我白天就有点搞不清楚，为什么要安慰她老公？"

"……因为将太是在浩次的面前掉下来。公园里不是经常有用圆木搭的游乐器材，小朋友可以爬上去玩吗？听说将太在上面和其他小朋友相撞，结果头着地，流血不止……在等待救护车期间，浩次惊慌失措地按住伤口。"

"那时候幸在哪里？"

"好像去附近买菜了。"

"这样啊……"

突然失去了心爱的儿子当然会崩溃,幸无法安慰产生了心灵创伤的丈夫固然不值得称赞,但我觉得这也是无可奈何的事。

"结婚之后,即使悲伤得快要发疯了,也必须顾虑家人吗?"

"谁不是这样?"

"骗人。"

我忍不住用鼻子发出冷笑。

"如果真的是这样,我庆幸自己没有结婚。"

"你……真是长不大……等你上了年纪之后,周遭就会发生变化,你迟早会为自己孤单无依感到后悔,唉!"我妈不悦地叹了一口气,用严厉的声音叮咛"明天要让小幸回来"后,挂上了电话。

明天要让幸吃什么?

头三天时,幸每次吃饭都会哭。其中有一天白天我要出门开会,所以用砂锅煮了鳕鱼京水菜豆腐汤,并没有看到她吃的样子,但我猜想她一定哭了。感觉就像是她也无法控制水从身体中溢出来般,自动流下了眼泪。

如果说,我不好奇为什么吃饭会打开她哭泣的开关,当然是说谎,但即使她向我说明,我也未必听得懂。更何况前男友和我妈整天骂我没有同理心,所以我觉得我无法理解的几率更高。

第三天晚上，我偷懒把卷心菜的叶子和绞肉像千层派一样一层一层叠在一起，用番茄同煮后，做成卷心菜卷端到幸的面前，她就像刚起床的人一样频频眨眼看着我。

"夜子。"

"嗯？"

"我可以住到什么时候？"

之前她最多只是用点头、摇头和我沟通，我觉得很久没有和她说话了，所以很高兴。

"你想住多久都没问题，反正我一个人也要吃饭，多一双筷子而已，而且我也没有为你做其他的事。"

"对不起，我会付你伙食费。"

"才不要，你有没有想吃什么？"

我问，幸偏着头想了一下后说：

"我想喝咖啡。"

"好，那吃完饭我来泡咖啡。"

既然她想喝咖啡，就代表她的肠胃已经几乎恢复了。明天开始做一些口味稍微重一点的菜。

我在收拾碗筷时烧了开水，然后把法压式咖啡倒进马克杯，加了砂糖，再加了有奶泡的鲜奶后交给她。

"谢谢你。"

幸很有礼貌地说完，喝了一口牛奶咖啡。

"饮食的威力太强大了。"

原本以为幸的心情终于平静了，没想到她的眼眶中再度含着眼泪。

"既强大，又可怕。"

"可怕？"

"会让人想要活下去。"

"你在说什么啊？"

幸发出了痛苦的呜咽，花了很长时间，喝完了一杯牛奶咖啡。

失去儿子会让父母在要不要活下去这种根本问题上产生动摇吗？

"我从来没有这么想过。"

我脱口说道。我提议取消原本安排好的拍摄行程，陪幸一起去医院，但幸摇了摇头。因为她这几天已经平静了不少，所以似乎不需要太担心了，但为了谨慎起见，我还是在上午和下午各打了一次电话给她。她说正在看连续回放的旧电视剧，因为是她很喜欢的演员主演，我想暂时应该不会有什么问题。她不会轻易倒下。这是我身为她朋友的直觉。

刚上市的荚果蕨嫩芽汆烫后鲜绿欲滴，配上混入梅肉的美乃滋，装在明亮的灰黄色长方形餐盘中。同时准备了炖蜂斗菜和糖醋酱拌土当归，并在餐盘角落放了一朵梅花。

"完成了，堀家先生，麻烦你来确认一下。"

我对一脸不悦的表情、在摄影棚角落抱着双臂的雄牙叫了一声。今天因为要拍照，他穿了西装。他身材高大，再加上板着脸，看起来就像武打片中保护达官贵人的保镖。大家看到他都很害怕，不敢和他说话。他慢条斯理地走过来，瞥了一眼完成的那盘料理说：

"……应该可以。"

"堀家先生说OK，麻烦各位了。"

"好，那就开始拍摄。"

始终面带笑容的资深编辑一声令下，摄影师和助理走了过来。我和雄牙离开桌旁，在墙边看着他们拍摄。我在这本女性杂志上写连载，下个月要写蔬菜特辑。除了三拼盘以外，还有油菜花蛋花汤和蒜香辣椒橄榄油拌人参木意面。顺利完成了今天要做的三盘菜，我终于放下了心，忍不住吐了一口气。

"……你就那么想要我帮你做那个深碗吗？"

身旁的雄牙小声对我说道，我起初听不懂他在说什么。

"——啊？嗯？喔，不是啦。蔬菜的话，还是想要呈现食材的颜色，所以你做的那些色彩度很节制的餐盘最相配。最近推出的灰色小菜碟系列也很好用，价格也不会太贵，我觉得这本杂志的读者会接受。——你以为我是为了讨好你，才会找你合作吗？"

"在这个节骨眼，谁都会这么想。"

"我才不会做这种事。"

"嗯，你的确不会做这种事。"

这本女性杂志的销售量持续增加，这次六页全彩的料理照片中使用了他的作品，同时还有料理研究家和陶艺家对谈，杂志上当然也会刊登雄牙工房的信息。我提供了这么理想的工作机会，他却愁眉不展。

"……理沙不喜欢我和你一起工作，因为她知道你是我的前女友。"

"什么意思？莫名其妙，我怎么会知道？而且也不关我的事。"

"别人可不这么想。"

"唉，算了。"

因为我知道这个习惯很没品，所以尽量改掉，但还是忍不住用舌头咂了一下。

"为什么只要扯到感情，就会混为一谈？我们的确曾经交往过，但在此之前，我们就是彼此很重要的工作伙伴。为什么分手之后，连工作上的关系也要解除？你和理沙是不同的个体，也有各自的工作，她为什么要干涉你的人际关系？不光是你们，父母和儿女、夫妻之间，还有两个家庭之间都黏在一起，理所当然地剥夺另一方的能力和东西，病态地认为自己和对方是一体，无视问题的本质，只是为了顾全无聊的体面，我完全搞不懂为什么会变成这样。我真的没办法结婚。"

不愉快的记忆在脑海深处探出头。

我们会解除婚约的原因之一，就是雄牙家里在自家经营的堀家工房旁边开了一家餐厅，雄牙的父亲要我们婚后一起经营那家餐厅。太太做的料理装在先生做的餐具里，简直就是天造地设，一定可以成为这一带的热门餐厅！雄牙的父亲把我视为可以由他安排的厨师。我对必须被迫接受这种我根本不想要的人生规划感到不知所措，雄牙却完全没有向他父亲提出异议。他在外面看起来是独立的个体，但回到家里，就和父亲合为一体了。

雄牙面对我的烦躁，事不关己地耸了耸宽阔的肩膀。

"大部分人都不会像你那样，把家人和个人分开思考。"

"是喔。"

"……真难得啊，怎么会这么生气？又和你妈吵架了吗？"

"才不是呢。"

我并不想告诉他，但因为太多事无法产生共鸣，我可能感到心很累，所以忍不住说了出来。

"我朋友的小孩死了，她深受打击，自己也不想活下去了，不知道该怎么办才好。"

雄牙没有回答,我转过头,发现他松开了眉头,瞪大眼睛,毫不掩饰脸上的惊讶。

"……太惊讶了。"

"啊?"

"你原来有朋友,而且是这么重视的朋友。没想到你竟然会这样关心别人。"

"你说话没礼貌也该有点分寸,你除了陶艺以外,其他各方面都很渣。男尊女卑,不求有功,但求无过,虽然努力想要装得很豪爽,但很会记仇,而且为什么对根本不是你另一半的女人说话这么随便?"

"你以前不是很喜欢我吗?"

当年我误把搞不清楚状况的男人当成了有自尊心的男人,我真想揍那时候的自己。我无视他恶心的俏皮话,他一脸无趣地嘟起嘴继续说道:

"小孩子就像是父母的体外要害,就像是内脏。如果内脏被打烂,不是会死,或是快死了吗?所以你那个朋友看起来也快死了吧?"

"……我完全无法想象,简直就像是不同世界的事。"

"家庭本来就是不同的世界,和社会不一样。很多事会慢慢发生偏差，爱情让某些磁场出问题，有些规矩在家庭中变得理所当然。"

雄牙在喉咙深处发出低吟，又继续说了下去。

"只要理沙提出要求，即使她的要求很不合理，在外人眼中很愚蠢，我也会尽可能满足她的心愿。"

"是喔，那你又为什么接这次的工作？"

"因为我也在做生意，曝光不是很重要吗？只不过刊登了今天的对谈和料理照片的报导，我应该不会让理沙看到。我就是用这种方式顾全你口中的无聊体面，努力维持家庭和社会之间的平衡。"

"是喔……听起来很狡猾。"

"这并不叫狡猾，而是靠忍耐，尽可能满足两个世界的要求。如果一切都实话实说，大声说出这样才对、那样不对，当然很轻松。……只不过要实际身处这样的环境，才有办法了解。"

"我没办法了解。"

我们脸上都带着不悦的表情互看着，这时，摄影师拍摄完成了。"让两位久等了，接下来开始对谈。"编辑很有活力地说完后在前面带路，原本靠在墙上的我们也跟了上去。

拿了塞满信箱的广告单后走上楼梯，我看到一个身穿西装的男人站在我家门口。

那个男人看着手机屏幕,对着门举起了另一只手。

"呃!"

我的心脏用力跳了一下,忍不住停下了脚步,高跟鞋的鞋跟发出了尖锐的声音。那个男人转过头,收起下巴,客气地向我点了点头。

"木下夜子……小姐吗?我叫水岛浩次,是水岛幸的丈夫。"

我原本以为他是强盗,但仔细一看,发现他的服装很干净,五官也很朴素,感觉很善良。不知道是否从事什么运动,身材很匀称。

啊,原来就是他惊慌失措地捂住了儿子不断失血的伤口。这么一想,就不由得心生同情,觉得必须对他好一点。

"……请问有什么事吗?"

"很抱歉,我太太给你添了麻烦。"

"不,别这么说……是我擅作主张。"

"幸和知心朋友在一起,心情应该也平静了,但我听说她已经在这里麻烦你很久了,你有自己的工作,她不能继续增加你的负担,所以我来接她回家……但她似乎有点意气用事,不好意思,可以请你把门打开吗?"

"喔……是。"

他说话很流畅，听起来很舒服。我猜想他应该从事业务工作。他说的话大部分听过就算了，但"麻烦""负担"这些平时很少听到的话留在耳朵里。原来他不光担心幸的事，还为我的工作担心。这个人还真体贴。我把手伸进皮包找钥匙包时，放在口袋里、设定成静音的手机振动了一下。

这个时间有谁传讯息给我？是工作上合作的对象吗？

我想了一下，想到了一个非常、非常不乐见的可能性。

我把中指指尖碰到的钥匙包小心翼翼地塞回皮包底。

"……谢谢你的关心，但我既不觉得幸是麻烦，也不认为她是负担。当朋友深陷痛苦的状况时，只要能稍微带给她一点安慰，就是我莫大的荣幸。"

"但是……"

"在幸心情平静之前，在她自己说已经没问题之前，我希望她可以自由地留在这里。当初我邀请她来家里，她也应我的邀约来到我家，这是她基于各种理由和感情的判断，请你不要无视她的判断，自作主张地处理这个问题。"

站在我面前的男人眉毛抖了一下，似乎很不愉快，又似乎很受不了地缓缓摇了摇头。

"……这太奇怪了，这是我们家人之间的问题，为什么你这个外人要介入？废话少说，赶快把门打开，我要和幸当面谈。"

"你们已经用手机谈过了吧?即使你按门铃,即使你敲门,幸也没有开门,不是吗?既然这样,我也无法开门,请你离开。"

"你似乎误会了什么,我并没有……"

"这和误不误会没有关系,也无关对错,我只是希望优先考虑如何让幸安心,让她能够接受。"

原来这就是所谓爱情造成磁场出问题吗?我在说话时想道。别人一定认为这个丈夫说的话完全正确,我是破坏他们家庭的怪人。即使是这样,我现在仍然必须拒绝这个男人。

幸的丈夫用充满怒气的双眼狠狠瞪着我。

"我要报警啰。"

"……请便。如果警察上门,应该会觉得你很可疑。屋主不在家时,你曾经敲门,试图打开门吧?住在隔壁的奶奶整天都在家里,和我也很熟,我相信她会为我作证。"

"你的所作所为根本是绑架。"

"所以你真的打算一直否认幸有自己的意志吗?"

幸的丈夫目露凶光,气鼓鼓地离开了。他走过我身旁时撞向我的肩膀,脚步沉重地走下公寓的楼梯。我听到他的脚步声走到一楼时,立刻闪进家门,然后急忙锁上门,挂上门链。

扑通、扑通。心脏用力跳动。我终于深深吐了一口气,看到幸在玄关前,手拿手机蹲在那里。

眼泪无声地从她的眼中流了下来。完了,她又恢复了吸满水的海绵状态。

"……有家暴之类的问题吗?"

幸痛苦地皱着眉头,摇了摇头。

幸说她之前就隐约察觉到一件事。

丈夫对儿子太严格了。

将太并不是个性很强的男孩子。他很爱撒娇,喜欢做点心,也喜欢打扮,出门前,会拿出好几双喜欢的袜子,一双一双试穿后,决定穿哪一双出门。有时候说想要和幸穿母子袜,特地挑选和幸同色的袜子。他就是这样一个心思细腻的孩子。

"浩次看到将太这样很担心……说这样会被同性的朋友看不起,所以教他很多事。"

"他不是才三岁吗?像男生或是像女生还很不明显,这不是很正常吗?"

而且这个世界上有许多很有时尚品味、喜欢做甜点的男人。他们都很有魅力,我完全搞不懂你老公在担心什么。幸听了我的话,想了一下说:

"他可能对将太会变成和他完全不同类型的孩子感到不安。父亲和儿子不是会这样吗?觉得儿子像自己是理所当然……如果儿子像自己就会很得意……算是一种期待？"

"我真的很讨厌这种人。"

我忍不住烦躁地骂道。幸胆怯地露出了紧张的表情。唉，我总是会不自觉地让人感到畏缩。

"对不起，你继续说。"

"……我认为浩次借由这种方式表达父爱，看到将太怕水，就把他丢进泳池，或是特地要他爬去高处。……所以，听到将太摔下来时……"

"怎么会这样……所以将太摔下来，是浩次的错吗？"

幸的喉咙发出了咕噜的声音，然后缓缓地，好像在移动大石头般缓缓地用力摇头。

"……是、是我的错。"

"但你不是反对他的这种做法吗？"

"虽然我起初反对，但渐渐有点搞不清楚了，有时候甚至觉得浩次说得对。"

幸说即使她回想，也想不起来从什么时候开始变成这样。

只是不知道从什么时候开始，幸的意见在家里越来越不被当一回事。他们交往时，两个人的关系很平等，但幸渐渐发现，家里重要的事都由浩次决定。对今后的展望、每个月储蓄的金额、生活费的分配、育儿的方针、换车的时间。幸认为是在自己怀孕之后，为了专心相夫教子，辞去工作之后，这种倾向开始变得越来越严重。浩次个性很强，而且能言善辩也是原因之一。无论幸说什么，浩次都不以为然，不屑一顾，经常对她说什么"真羡慕你可以这么无忧无虑""你什么都不懂"，当幸回过神时，发现自己变成了浩次的一部分。

"我渐渐也觉得，男生不可以这么胆小，而且以为这就是在教育孩子。我是大人，是他的妈妈……将太一定希望我可以救他。"

磁场出了问题。虽然以身在漩涡中的人无法察觉的速度，但确实在旋转、收缩，然后凝固在一起。

可以认为这次的事只是意外，浩次的教育是笨拙的爱，幸只是守护她的家庭。但也可以认为浩次是虐待者，幸是帮凶。这就像是令人厌恶的灰色万花筒。唯一确定的是，我的朋友认为自己是加害人。

"所以你不想活下去了吗？"

幸的表情僵硬，好像紧咬着牙关。

我知道这个问题很过分。她已经选择了正常饮食。

幸低下头沉默不语，我跨过她伸在走廊上的腿，走向厨房。我打开冰箱，又打开了蔬菜室。

冰箱里有鸡肉。我放进塑料袋，加了大量管状包装的蒜泥和姜末，加了酱油和酒用力揉。静置片刻后，再加入鸡蛋和面粉，用热油炸熟。然后拿了半颗卷心菜切丝后，装在大盘子里，淋上芝麻色拉酱。然后把白饭解冻，在碗里准备了快餐味噌汤，抓了一把家里常备的紫菜放进去。

"吃饭吧。"

我把冒着热气的盘子放在桌子上，拉着幸的手臂。

"快来吃，我也和你一起吃。"

我站在她身旁一次又一次呼唤，像小孩子一样抽抽噎噎的幸撑着墙壁，扭着身体站了起来。

之后，我每天都持续做美食。

用马苏里拉芝士和樱桃番茄烤的玛格丽特披萨。

加了大量蔬菜的棒棒鸡。

墨鱼炖萝卜。

焗烤土豆泥咸牛肉。

虾仁炒西兰花。

奶油明太子紫苏意大利面。

南瓜和朗姆酒渍葡萄干春卷。

我的朋友每天拿起筷子时，都在想要活下去和想要消失的界线之间徘徊，我用饮食的诱惑让她张开了嘴。经过她的咀嚼后，咕噜一声吞下去的温暖食物滋润了她的血肉。如此一来，她明天也死不了。

这是奇妙而美好的体验。一直接触一个生命,等待那个生命茁壮、坚强起来,希望那个生命更加贪婪、傲慢,不会被一丁点罪恶轻易击垮。既然决定活下去,她从此之后,也将在带着苦与痛的日子中继续走下去,所以她必须更坚强,也必须更世故。

我从今以后,也不会带着祝福的心情为幸福美满的人做菜,因为我发自内心并不相信这样的餐桌。

我更希望像幸那样的人吃我做的菜,我想让那些承受过痛苦煎熬的人的餐桌变得更丰富,这种餐桌也应该有我的一席之地。

梅花枯萎掉落,当取而代之的樱花开始绽放时,幸原本粗糙的手指恢复了光滑。原本断断续续的睡眠终于能够连贯,终于能够沉睡。头痛和腰痛这些慢性折磨身体的症状也都渐渐改善了。

"我明天要回家了。"

在幸对我这么说的那天晚上,我咬牙买了高级上腰肉牛排,用大蒜爆香的油慢慢煎,完成了中间还带有一点血红色,肉质甘甜柔软的五分熟牛排,还买了一瓶红酒。

"接下来你有什么打算?"

"目前已经差不多往这个方向在发展了,我会和浩次离婚。——而且我希望能够争取将太的骨灰,即使只有一部分也好。因为他生前很怕爸爸,所以我要让他离开爸爸,这次真的……让他可以花很长时间挑选自己想穿的衣服，也要做很多点心给他吃。这么简单的事，为什么之前……唉……"

大滴的眼泪积在眼尾，然后顺着脸颊滑落下来，但幸应该不会再寻死。

幸花了一点时间，把两百克的牛排全都吃了下去。豆瓣菜色拉和奶油炒菌菇也都吃得一干二净。喝了红酒后有点发热的身体躺进了被子。

因为是最后一晚，我也把被子搬去客厅，和她睡在一起。

"晚安。"

"嗯。"

我们从被子里伸出手，温暖的指尖碰在一起。富有营养的鲜血在两个身体内循环。

"幸。"

"——什么事？"

"谢谢。"

"……应该是我对你说谢谢。"

"不，你听我说。"

我很难用言语表达。我缓缓地，就像用羊毛编织毛线般思考着。

"因为我不会成家。……这不是死心，而是我认为自己应该不会结婚。虽然我试过几次，但总觉得不适合我，所以你和我生活在一起，我依次为你做容易消化的食物，感觉好像在养小孩子，让我感到乐在其中。在你未来的人生中，也有很多这种意想不到的事。——欢迎你和将太下次再来我家玩，我来做甜点。虽然甜点不是我的看家本领，我不是很拿手。"

幸握住了我的手。我的意识慢慢沉浸在葡萄酒带来的醉意中，觉得很舒服。

"下次换我来款待你，我来做泡芙塔，我很拿手，可以从做泡芙皮开始做，交给我吧。"

"泡芙塔吗？吃得完吗？"

我忍不住笑了起来。

我听着深夜的街道传来的声音，伴随着幸平静的呼吸声沉沉睡去。眼睑内侧的黑暗中，浮现出耸立在远处的泡芙塔，加了大量水果酱、鲜奶油和巧克力碎片的泡芙塔五彩缤纷。

只要持续前进，就可以遇见。可以一次又一次遇见。我眯眼看着遥远的距离，迈开步伐，踏上漫长的道路。

大锅之歌

我走在乳白色的长廊上，沿途确认墙上的姓名牌子，寻找他告诉我的病房号。

转了好几个弯，终于找到的病房是四人房间。他在哪里？我在病房内张望之前，就看到走进病房后，左侧那张病床床尾的牌子上贴着写了"万田佑生"这个熟悉名字的牌子。一个身穿浅蓝色睡衣的男人坐在病床的侧面，两只脚垂在床边。

万田。我正想叫出口，但一下子认不出这个低头驼背、看着旁边小冰箱门的男人就是交往三十多年的老朋友。不知道为什么，病床上的人的侧脸有点像走在山上时不时看到的、可以塞下一个小孩子的大树洞，或是大得惊人的多孔菌，脸上浓浓的阴影让我无法移开视线。他看起来就像是什么生动的物体。

过了一会儿,我才想到自己从来没有看过他穿睡衣的样子,也从来没看过他胡茬没刮的脸颊、头发翘起来的后脑勺,以及锁骨周围苍白的皮肤。万田和我见面时,总是一身清爽的打扮,满脸笑容地向我展示新买的钓鱼背心上的名牌标志,或是防水雨靴,或是登山背包。

看到他下垂的鱼尾纹,和渐渐稀疏的发旋,我才终于产生了亲近感,用憋着的声音叫了一声:

"万田。"

猛然转过来的正是老朋友熟悉的脸庞。

"喔,阿松,不好意思,还让你特地跑一趟。来吧,你拿那张椅子来坐。你等我一下,冰箱里也有茶。"

"不用,不用,你不要动!如果我想喝茶,会自己去拿,病人就不要动了。"

万田握住输液架想要站起来,我慌忙制止了他,拿了放在病房墙边的铁管椅,在病床旁坐了下来。

虽然我催促他坐下来,但面对面坐下后,又不知道该说什么。

每次去探视命途未卜的人总是这样,当年去探视因为感冒迟迟不见好转住进医院,最后引发肺炎去世的母亲时,只要在病房见到她,就觉得很尴尬,就问她有没有缺什么,我去楼下买,然后就在病房和商店之间来来回回。

"你受苦了。"

我客套地安慰道。万田也应了"真是,唉"这句没有什么特别意义的话,苦笑着耸了耸肩。

"我爸以前也生这种病,所以病急乱投医也没用。"

"这样啊。"

看到万田并没有乱了方寸,我暗自松了一口气。我不经意地转头一看,发现他从睡衣袖子下露出的左手臂内侧有一片青黑色的瘀青。

"看起来很痛。"

"是啊,我血管太细了,所以针头不容易打进去,手腕那里已经不行了,现在都打手背。一看到这些,心情就很沮丧,而且,这里的三餐都很难吃,根本难以下咽。"

"那真是太惨了。"

听到万田说沮丧、饭很难吃这些具体的不满,我觉得终于有话可以聊了。

"要不要我做点什么送来给你换换口味?医生并没有限制你的饮食吧?"

"医生说,如果吃得下,吃什么都没问题,尽可能多补充点营养。"

"那就太好了,我会看着办。"

我问他有没有缺什么日常用品，他说目前暂时没问题。万田是单身，父母早就离开了人世，今年六十岁的姐姐每个月会来看他两次，为他添购生活用品。万田的姐姐从外县市要转好几班列车才能来这里，我的生活圈离这里更近。要上班的日子可能没办法，休假的时候，开车不需要一个小时就可以来这里。

"有需要什么随时告诉我。"我拍了拍他的肩膀后走出病房，在综合柜台办理手续后离开了医院。

在停车场旁的花圃中看到一片黄色的油菜花，在阳光下发出耀眼的光芒，忍不住停下了脚步。

前几天在任职的饭店中庭看到绽放的樱花吐出了柔软的花瓣，我才想到联络万田。

我们每年会见面三四次，都是在感受到季节变化时，一起去找时令食材。除了采野菜、摘菌菇、海钓、河钓和夜钓，在狩猎季节，还会协助认识的猎人宰杀猎到的野生动物。这并不是单纯的行乐游玩，我在东京都内历史悠久的饭店里的日式餐厅当主厨，万田在家庭餐厅负责商品开发，对我们来说，这些活动都可以作为工作上的参考。

下个月要不要去深山走一走？在溪钓季节正式开始之前去看一下河流，顺便采一点野菜回来。

我在下午的休息时间传了这封电子邮件，原本以为万田会在晚上下班后回复我，没想到隔天白天，才接到他的电话。

"阿松啊，我最近身体出了点问题。"

他在电话中告诉我，他罹患了难治的疾病，虽然动了手术，但预后并不理想，目前还不知道什么时候才能出院。

原本这种初春季节风和日丽的日子，我们会拿着钓鱼竿走在嫩叶茂密的山上，在当地品尝美食后满载而归，如今看到油菜花天真无邪的黄色，心情就有点难过。至少要做点能够感受到当令季节的食物送给他吃。

隔周休假日时，我一大早就去市场买了一尾真鲷，把颜色像樱花花瓣般柔和的生鱼片和萝卜丝、海藻绑上保冷剂，装在保鲜盒内，然后在用鲷鱼骨熬的高汤中加入油菜花和豆腐，煮成汤后装在保温杯中。我觉得分量太多可能会造成万田的负担，所以只送了像深夜喝酒配下酒菜的分量，他很高兴。

"春天终于到我这里了。"

他的肠胃黏膜都受损，所以无法吃太多，但他用去商店买来的塑料汤匙，津津有味地喝着汤。

那天晚上，我用剩下的鲷鱼和米放在砂锅里煮了鲷鱼饭，配上鲷鱼高汤，端给刚从补习班回家、明年准备考大学的女儿野荣，她惊讶地问,是要庆祝什么事吗?

卤春笋、味噌蜂斗菜、腌渍鲣鱼、银鱼蛋花汤。我利用工作的空当,隔周就送一次亲手做的菜到万田的病房。即使他每次只能吃几口,但看到他愿意吃,我还是很高兴。

"真好吃,阿松,你做的菜真的太好吃了,不愧在我们这票人中最有出息。"

我知道在同一所厨师专科学校毕业的同学中,自己的工作比较引人注目,所以很高兴地点了点头。回想起来,虽然我们之前经常一起去找当令食材,但或许真的很久没有下厨做菜给万田吃了。

"最近差不多只是把溪流钓到的鱼当场杀了做成生鱼片,或是抹盐后烤来吃,没有做什么像样的料理。"

专科学校时代为了省钱,一票同学经常聚在某个同学的公寓,煮很多咖喱或是炒一大锅面,但毕业之后,大家各奔前程,也就不再有这样的机会。万田可能想起了深山的景色,眯起眼睛,露出怀念的神情点了点头。

"那可是我的最爱,简直是一种奢侈。"

"任何东西都是在户外比较好吃,风也很舒服。"

我不经意地脱口说道,才发现自己说错了话。至少不该在不知道什么时候才能出院的朋友面前说这种话。用帘子隔起的狭小空间，正在输液的不自由的身体，以及病房内混杂了食物味道、体味和药品味道的独特气味，都好像突然向我逼近。

明明觉得不该乱说话，但如果现在沉默，又好像是不相信他能够恢复健康的寡情家伙，所以不知道该如何应对。虽然万田说目前并没有其他治疗法，但期待奇迹可以发生应该不是坏事……难道不是吗？一定就是这样。

"你好好吃饭，养好体力，等你恢复健康，我再约你去河钓。"

我傻傻地用开朗的声音说道，好像忘记他曾经告诉我，他的预后并不理想这件事。说完之后，再次觉得自己说错了话。

"嗯，是啊。"

万田并没有特别的感想，吸着我剥了皮后递给他的橘子果肉，花了很长时间咀嚼一片橘子，然后吃力地叹了一口气。

"其他的我晚一点再吃，你帮我放进冰箱。"

"好，我知道了。"

"对了，野荣是不是要考大学了？"

万田也认识我女儿野荣，话题转移到她的身上，所以我也终于比较知道该怎么说话。

"平日的晚上和周六、周日，都要去补习班。"

"真辛苦啊，但目前是她人生紧要关头。"

我们正在闲聊时，热腾腾的食物味道扑鼻而来，戴着口罩的护理师说点心时间到了，送来了淋了酱汁、撒了柴鱼片的大阪烧。"谢谢。"万田客气地道谢后接过盘子，在护理师走出病房后，轻轻叹了一口气。

"真伤脑筋，这个很难吃，每次都做得很咸，我又不好意思直接丢进垃圾桶，每次都只好吃一口。"

万田说，他在吃大阪烧之前要先去上厕所，于是握着输液架站了起来。我问他要不要陪他去，他说目前还不需要。他的腰和脚的关节都会痛，迈着笨拙的脚步，小心翼翼地走出病房。

我坐在主人离开的病床上发呆，等万田回来之后，我就准备告辞。我心里这么想着，打量着昏暗的空间。塑料马克杯里有一把牙刷，还有喝到一半的铝箔包饮料、拆了书封的文库本、电动牙刷。这些日常使用的生活用品放在桌子和架子上。

医院为什么向重病的病人提供重盐的饮食？万田一直说医院的餐点很难吃、很难吃，让人觉得他很可怜，我忍不住把大阪烧切成一人份时掉在盘子角落的碎屑放进嘴里。

好吃。很好吃。

大阪烧里似乎加了山药泥，整体口感很轻盈柔软，切成细丝的卷心菜口感很脆，铺在底部的猪肉也没有很硬，从面糊中可以感受到昆布高汤的香气。而且味道很清淡，充分衬托出食材本身的味道，也兼顾到病人的健康。

我无法相信，忍不住又偷吃了一口，果然很好吃。我立刻拿出手机，查了一下这家医院提供的膳食。这家医院有自己的营养部供应病人的膳食，除了实施营养指导和饮食疗法，还会根据病人的病情进行调整，方便病人食用。在附近几家医院中，这家医院的美味膳食很受好评。

"你在偷吃什么？肚子饿了吗？"

听到惊讶的说话声，我忍不住回头。万田推着输液架走了回来，好像逮到小孩子做坏事一样抿嘴笑着。

"是不是很咸？这里的厨师加太多盐了。因为住院的都是老头子、老太太，可能觉得他们喜欢吃重口味。啊，好痛好痛。"

万田扶着腰呻吟，缓缓坐在病床上，露出好像被阳光温暖的水洼般透明而深邃的眼神看着我。我把嘴里的大阪烧吞了下去，轻轻点了点头。

"对啊，有点咸。"

那天晚上，野荣从补习班回来后，我告诉她："万田生病了。"野荣嘴里念着"万田、万田"，走进自己房间换了衣服，然后一脸想睡觉的表情走回客厅。

"万田叔叔就是以前来我们家里，做奶油炖鸡肉给我们吃的那个人吗?"

"喔,你记得真清楚。"

"当然记得啊,因为鸡肉炖得很软,很好吃,而且里面还加了芜菁,让我很惊讶。"

七年前,我妈去世时,野荣还在读小学高年级。在单亲家庭长大的野荣很喜欢疼爱她的奶奶。当时她难过得无法去上学,我却无法花很多时间照顾她。因为我妈去世,也让我的身心几乎失去平衡,再加上刚去目前工作的那家店,所以整天绷紧神经,以免在工作上出差错。

某个星期六清晨,万田拎了一个装满各种食材的超市袋子和还冒着热气的面包店纸袋,来到家里。

"谨向你表达衷心哀悼。"他恭敬地打招呼后,用轻松的语气说,"厨房借我一下。"

在我出门上班前的四十五分钟内,他用家里最大的六升锅子做了豪华的奶油炖鸡肉。除了鸡肉以外,还有洋葱、胡萝卜、马铃薯等常见的食材,以及球芽甘蓝、南瓜、香菇和芜菁这些通常不会用来做炖菜的食材,总之,他在奶油炖鸡肉里加了很多蔬菜。

面包店的纸袋里有十几个咸面包和甜面包,有的加了巧克力,有的加了芝士,很多都是小孩子爱吃的口味。野荣爱吃的菠萝面包共有三种不同的口味,一种加了鲜奶油,另外两种分别烤得很松软和烤得很香脆。

野荣可能闻到了厨房的香味,穿着睡衣从自己房间走了出来,万田配合她视线的高度蹲了下来。

"你可以尽情吃自己喜欢的面包,还有奶油炖鸡肉,每天吃一碗,尽可能舀蔬菜比较多的地方。"

万田说话的语气很温和。野荣惊讶地瞪大了眼睛,愣了几秒钟后退了几步,躲在我的背后。万田离开之后,她踮起脚尖,战战兢兢地看着锅子内,然后小声地说:"我要吃。"

"但那并不是你第一次吃万田的料理。"

"是吗?"

"差不多在你三岁左右的时候,在枫离开后不久,他也曾经来过家里,做了饭团和加了很多料的味噌汤。"

枫是已经和我离婚的前妻。我和她经由别人介绍相亲后结婚。我年轻时后知后觉,但她嫁进我家后,似乎就觉得有些事情不对劲。

"为什么你妈腿不好,你爸还经常带一大票人回家吃饭,让你妈一直在厨房张罗?如果要请客,可以去外面餐厅,如果要在家里请客,至少也要帮忙下厨或是收拾……你爸又不缺钱,可以请客的时候找会下厨的帮佣来家里帮忙。为什么不动动脑筋?"

"因为我爸很依赖我妈,你别看我爸这样,他很神经质,不喜欢在外面吃饭。他只相信家里人,不喜欢外面的人来家里帮忙。我妈跟着我爸生活,也吃了不少苦,所以你偶尔也帮一下我妈。"

"我?你爸请客的时候?为什么?"

"没有为什么啊,不都是一家人,而且你们都是女人啊。你可以在厨房帮忙,顺便拿点零用钱。"

因为我经常看到在婚丧喜庆等不同的活动时,亲戚中的女人都挤在厨房内,一边开心地聊天,一边张罗菜肴,所以我想得很简单,觉得如果我妈和枫也能够这样,一定很快乐。在我内心深处很同情我妈,觉得她被高高在上的爸爸折腾得很辛苦,很希望自己的老婆能够体恤我妈,所以才会答应和当时是护理师的枫相亲。

野荣刚满三岁时,我和枫一直争吵不休,最后枫提出了离婚。虽然她想带野荣一起离开,但我直接转述了爸爸的话,指出她自己的体力和经济能力有问题,再加上她娘家正在为金钱所困,如果带野荣走,等于剥夺了野荣的教育机会。原本我以为让她了解这种现实后,她就会恢复冷静,不再提离婚这种愚蠢的事,没想到她把已经签了名的离婚协议书丢在桌上。

"你有时候和你爸一样,用好像在骂脑筋不灵光的宠物一样的语气对你妈大吼小叫,你早晚也会这样对我大吼小叫。"

她气得脸色苍白,用力瞪着我,然后再三叮咛,要让野荣就读符合她学习能力的大学，如果我不遵守约定，她就会来杀了我，然后就离开了这个家。起初她对我家感到不对劲和困惑，对习惯的不同感到烦躁，但最后她从心里憎恨、嫌恶我。

那是我第一次被别人这样强烈拒绝。我觉得自己很失败，像做错了什么事。但是，到底做错了什么？我请假在家，每天茫然地看着野荣抱着婴儿时喝奶用的抱枕哭泣的背影。父母热心地建议我把生活重心转移去他们那里，在我再婚之前，可以把野荣交给奶奶照顾，我只要专心工作。他们认为这是理所当然的，甚至催促我赶快这么做，但我没有被打动。

我用好像在骂脑筋不灵光的宠物一样的语气对我妈大吼小叫？怎么可能有这种事？但有时候的确像爸爸上身一样，对我妈说一些我爸常说的话。

如果继续在那个家里生活，我以后也会用像在骂脑筋不灵光的宠物一样的语气，对着野荣大吼小叫吗？

我感到不寒而栗。我并不想让妻女不幸，但在我周围，没有任何一个男人独立养育孩子，在五年之后，才出现积极参与育儿的"奶爸"这个名词。

差不多就在那个时候，我接到了万田的电话。他说他在千叶的海边开车兜风，心血来潮地挥竿钓鱼，没想到钓到很多漂亮的竹筴鱼，简直太好笑了，还说下次要找我一起去那里。总之，他在电话中无忧无虑地和我聊这些。

我在电话中告诉他,我老婆和我离婚了,不知道未来的情况,所以也无法和他约定时间。他在电话中得知我的情况后,当天晚上,就背着装了竹筴鱼的保温冰桶,慌慌张张地跑来我家。

"你还好吗?野荣呢?"

她的情绪一直很不稳定,现在也在哭,我也脑筋一片混乱。我可能对他说了这些话。万田打量家里之后说:"不管怎么样,先吃饭再说。"然后就开始煮饭。在饭煮好的五十分钟期间,我慢慢向他诉说了老婆和我离婚的来龙去脉。我说都是我老婆的错,还有我父母的错,我怪东怪西后,终于平静下来,觉得自己可能也有错时,万田皱着眉头插嘴说:

"枫已经离开你了,这件事已经成了定局。比起讨论到底是谁的过错,接下来该怎么做更重要。你觉得怎样才能让野荣幸福地长大?"

"……应该让她和我父母保持距离,搞不好也要和我保持距离。"

"那就交给第三者,虽然我搞不懂幼儿园、保育园和托儿所有什么不同……不是有这种可以在你上班时,把孩子送去那里的地方吗?除此以外,还有临时保姆,或是帮人带孩子的保姆,都要调查一下。"

"她这么小,要交给陌生人照顾吗?"

我原本以为即使要把野荣交给别人照顾,也只能找亲戚中的女性,向她诉说目前的困境后请她帮忙,没想到万田很受不了地皱起眉头说:

"阿松,就是要这样啊。枫不是要你别把这种事推给家里好说话的人,而是付钱找专业的人吗?你自己也要远离这种环境,保护野荣。"

电子锅发出了饭已经煮好的音乐声。万田把刚钓来的竹䇲鱼抹盐烤熟,将鱼肉拆下后,和切细的酸梅果肉一起拌进刚煮好的饭中,捏了大人吃和小孩吃的两种不同尺寸的饭团各十个,然后用最大的锅子煮了满满一锅加了大量的葱、裙带菜、萝卜和鸡蛋的味噌汤。

"野荣,给你。"

万田用水性笔在保鲜膜包起的小孩饭团上画了面包超人的脸,交给了野荣。面包超人!野荣终于抬起了头,接下来很长一段时间,野荣都叫万田"面包超人叔叔"。

如果万田当时没有来家里,我养育野荣的方式应该会和现在不一样。野荣在附近的保育园和好几个保姆的照顾下长大,在小学低年级时的保姆是一位从小在国外长大的姐姐,受到那个姐姐的影响,她说想出国留学,也打算报考交换学生制度完善的大学。

"我完全不记得饭团和味噌汤的味道了。"

"那时候你才三岁,据说三岁前的记忆都会消失。"

"万田叔叔真是个好人。"

"我记得他小时候父母都去世了,所以可能格外疼惜你。"

"是喔……"

女儿用鼻子吐了长长一口气,在沉默片刻后突然说:"我想去探望万田叔叔。"

"啊?你不用去吧。"

"因为他以前这么照顾我,所以我去探视他一下。……而且,你告诉我这件事,不就是要我在他人生终点之前向他道谢吗?"

"才不是,要怎么说……"

我只是很惊讶,万田的病情已经严重到失去了味觉这个阶段。我无法独自承受这种震惊,但又不想告诉不知道目前是否和万田还有来往的老同学,刚好看到曾经同样受过万田恩惠的女儿,所以就脱口告诉了她。

"不不不,你不用去看他,他和你没有血缘关系,只是见过两次面的叔叔,你一个小孩子特地去探视他,未免太奇怪了。"

"……爸爸,我偶尔觉得,你有时候超迟钝,神经超大条。"

"啊?"

"奶奶住院时,你也完全没有好好跟奶奶聊天,该怎么说……

好像根本不把人际关系当一回事……万田叔叔人这么好，为什么愿意和你玩在一起，太不可思议了。"

野荣露出冷漠的眼神看着我这个爸爸，走进了自己房间。

把刚从鱼缸里捞出来的比目鱼尾巴用力敲向砧板。比目鱼可能伪装成海底的沙地，身上的黑色和茶色斑点图案发出带有黏性的光。

我立刻用戴上干净手套的手把比目鱼的身体翻了过来，露出了雪白的腹部。从背面用锥子用力打穿鱼脑，一口气了结。

了结就是尽可能迅速地让鱼毙命，就可以有效预防鱼肉损伤，或是压力造成肉质变差。

比目鱼用力跳了一下，身体有力痉挛了两三次，鱼鳍像波浪般起伏，然后突然安静下来。我竖起刀子插入鱼鳃，切断中骨，再切断尾巴附近的鱼骨，在旁边的水桶内放血。

我任职的那家日式餐厅有一个可以让客人观赏活鱼的鱼缸，如果客人强烈要求，可以当场杀鱼后送上客人的餐桌，但基本上都是上午做准备工作时杀鱼放血，清除内脏，然后放在冰箱内静置，逼出鲜味后再提供给客人。

一尾接着一尾，我按部就班地杀鱼，突然想起万田曾经说，他不擅长杀鱼。他说每次杀鱼时都会忍不住紧张，所以去溪流钓到鱼时,都尽可能交给我处理,我每次都很不以为然地说,做餐饮的人怎么可以不擅长杀鱼。人生在世,有吃才能活,要吃就必须杀生。我们的工作就是提供饮食,让周围的人能够活下去,如果怕血弄脏菜刀,就什么事都别做了。

上个星期黄金周时,野荣的高中放假,我带着她去了万田的病房。

原本以为万田会感到不知所措,没想到他靠在床头调高的病床上,对野荣的造访感到很高兴。你长大了。变漂亮了。你长得一副聪明相。他对野荣赞不绝口,拿出同事和朋友来探视他时送的一大堆水果、点心给野荣吃。

不知道是因为不记得万田的长相,还是不知道该和爸爸生病的朋友聊什么,起初几分钟,野荣只是轻轻点头,几乎没有说话,但在万田问她"你现在喜欢吃哪一种菠萝面包"后,就开始说哪里的哪家店卖的肉桂菠萝面包很好吃,慢慢聊了起来。

野荣结结巴巴地和万田聊了十五分钟后,野荣喝着万田叫她从冰箱里拿出来的养乐多说:

"我现在做奶油炖鸡肉时,每次都会加芜菁。"

"喔,是吗?"

我在一旁忍不住插嘴问。野荣皱起眉头看着我,叹了一口气。

"爸爸完全没有发现这件事,神经太大条了,而且也太不关心别人了。"

"哈哈哈。"

万田轻轻发出了笑声,他脖子变得很瘦。和两个星期前相比,他应答时停顿的时间变长了,也不再下床,不时按铃找来护理师,说他的背很痛,请护理师帮他移动垫在背后的枕头位置。

野荣看着万田,虽然皱着眉头,但嘴角露出笑容,脸上的表情很尴尬,然后突然流下了眼泪。

"奶油炖鸡肉很好吃。"

她想要继续说什么,但呜咽让她说不出话。啊啊,啊啊,怎么可以这样?如果是自家人也就罢了,来探视朋友,怎么可以哭呢?这会让病人不知所措。我轻轻拍着野荣的背,看着万田,借此向他表达歉意,万田露出好像在看什么不可思议的东西般的眼神,注视着泣不成声的野荣。

"我们差不多该走了,万田叔叔说太多话会累。"

野荣看着我,似乎想要说什么,但最后皱着眉,点了点头。她说要去厕所,先走出了病房,我转头看着万田。

"不好意思,吵到你了。我改天再来看你……有没有想吃什么?或是需要什么东西?"

"没有……"

万田环顾周围的空间。野荣带来的综合水果果冻放在病床附属的桌子上。

"野荣太厉害了,那些假装没事的大人简直就像傻瓜。"

"呃……"

我想假装没事,因为我不喜欢卷入麻烦。也许是因为我脸上露出了为难的表情,万田看着我,喉咙发出了"啊啊"的无奈声音。

我妈是在七十七岁时,因为感冒迟迟不见好转,最后住进了医院。我爸比她年长八岁,在三年前就失智,由我妈在家照顾他。我妈住院的头几天,我住回老家照顾我爸,但得知我妈暂时无法出院后,就送我爸去了养老院。

我妈和我爸结婚五十多年,躺在病床上,终于摆脱了伴侣,她好像要把多年的积怨一吐为快,开始诉说自己的人生有多惨,缺乏理解和体贴的丈夫让她吃了不少苦。

我不想听这些事,我觉得我妈——我以为沉默寡言,喜欢做家务、带孩子的我妈好像突然变了一个人,让我感到心里发毛。怎么回事啊!既然之前都没有提,就该把这些怨言带进坟墓,现在说这些有什么用?我甚至想要疏远我妈,看到野荣在我妈的病床旁附和着"原来是这样,哇,爷爷好过分。好讨厌,奶奶辛苦了",我不由得佩服她太灵巧了。

面对枫的憎恶和看到我妈内心的恨意时,我觉得就像有什么难以理解的东西丢了过来,让我不知所措。我并不是说女人特别复杂的意思,无关性别,职场上的很多同事也这样,为一些根本不需烦恼的事烦恼而毁了自己,说一些不该说的话,让别人不知如何应对。看起来就像是自寻烦恼,我向来懒得理会这种人。也就是说,这个世界上有很多人整天在想一些麻烦的问题。

我在快三十岁时发现,万田经常为我拍照。我们一起去山上或是海边时,万田经常拿起相机拍照。他先拍周围的风景,然后说拍人有助于之后的回忆,所以要我站在美丽的风景前拍照。

我虽然会拍钓到的鱼,或是一些珍奇的菌菇类,但从来没有想为万田拍照。偶尔有其他贴心的钓客问"要不要帮你们一起拍张照"时,才会觉得机会难得,就请对方帮我们拍照。我手边有三张万田的照片,但万田的数码相机里应该有几百张,搞不好有几千张我的照片。

万田对我很亲切,有时候甚至太亲切了,我在万田身上感受到的无拘无束,和万田对我的感情之间应该有很大的落差。但只要这种落差不会造成障碍,我就觉得无所谓。万田不会像其他人一样说一些复杂的事,为人很爽快,每次我约他,他就二话不说陪我一起出游远行。我希望他在生命的最后一段日子也能够继续保持下去,不希望他多说一些无益的话。我有这种想法,难道就是野荣说的神经大条吗?

万田看起来很憔悴,我觉得不能隔太久再去探视他,于是一个星期后的假日,我再次走进万田的病房。

由于他的味觉变得过度敏感,我带了知名豆腐店的豆花去看他,但躺在枕头上的万田懒洋洋地摇了摇头。

"我不想吃……嗯,不想吃。我最近没什么食欲,肚子整天都咕噜咕噜叫。"

"这样啊。"

他已经不需要再为了填饱自己的肚子杀生了。我脑海中闪过这个想法。太好了,因为你原本就不擅长这件事。我不合时宜地想道。我犹豫了两秒,不知道该不该说出口,但最后觉得说了也没意义,也觉得自己很无聊,于是就闭了嘴。万田看向病房门口,又看着我的脸问:

"今天野荣没来吗?"

"她今天要模拟考,所以没来。上次回家之后,她对我很生气。"

"啊?"

"她说我和她奶奶住院时一样,来医院看你只是逃避。还说你很可怜,多年老友竟然是我这种人。"

"野菅……看事情的角度……很戏剧化。"

万田小声说完就咳嗽起来。他边咳边转动上半身，指着桌上一个长嘴壶，里面装了好像茶一样的液体，示意我拿给他。我拿了起来，小心翼翼地放在万田因为干燥而变粗糙的嘴唇上微微倾斜。咕噜。他的喉结上下活动了一下。不知道是否做轻微的动作也会造成痛苦，他皱起眉头，再度恢复了原来的姿势。

"阿松，你从以前就神经大条，不了解人心。"

"她可没有这么说。"

"但这个世界需要你这种人。……你在杀鱼、切鱼的时候没有丝毫的犹豫，动作很利落，像我的话，就会忍不住东想西想，所以才没办法完成。一旦内心动摇，手就会发抖，让鱼更加痛苦。"

"这有关系吗？不是技术问题吗？"

"不，不是，这是才能的问题。你杀的鱼，痛苦的时间一下子就结束了。我每次看你杀鱼，都觉得叹为观止。如果我是鱼缸里有点缺氧的比目鱼，会对迟迟下不了手的我不屑一顾，绝对要加助跑跳到你的砧板上。"

我想象着鱼缸里的比目鱼像飞盘一样跳过来的样子，觉得太荒唐了，忍不住笑了起来。笑的时候忍不住看向躺在病床上的朋友为了输液扎得满是瘀青的左手臂，因为浮肿严重，放在按摩机内的双脚从固定束带露出来的紫红色脚尖，以及凹得很深的锁骨周围。

"如果是比目鱼,早就让它解脱了。只要握着手,闭上眼睛,数到三秒就结束了。"

我的脑海中浮现了运送过程中受了伤,或是因为压力的关系,导致身上出现瘀血的那些可怜的活鱼。因为它们很痛苦,所以会尽可能先解决它们,让它们赶快解脱。我情不自禁伸出手,轻轻抚摸着万田仍然在输液的左手臂。

万田前一刻还很慵懒,此刻双眼就像拨云见月般发出清澈的亮光。他看着我摸着的手臂,喉咙颤抖,发出了笑声。

"啊啊,吓了我一跳,我以为你要了结我。"

"我才不会了结你。"

"比目鱼喔。生为比目鱼也不错,刚才说的真是太奢侈了。"

万田笑了一会儿,又被呛到了,喝完茶后,他说累了,闭上了眼睛。

"阿松,再见。"

"好,我改天再来。"

"你把豆腐带回家,和野荣两个人一起吃。这不是去名店买的吗?太可惜了。"

"好。"

几天后的清晨,我接到了万田姐姐的电话。她通知我万田的病情在深夜恶化,已经离开了人世。

我从柜子里拿出平时没有用的六升锅子,然后确认冰箱里的食材。有原本打算用来做汉堡排的绞肉,还有洋葱、胡萝卜、卷心菜和吃掉一半的豆花。

必须再用食物填满这个大锅子。我小心翼翼地剥下卷心菜叶,用热水氽烫后使之变软,将切碎的洋葱和胡萝卜稍微炒一下,将绞肉、剩下的豆花和鸡蛋、土豆淀粉混合后揉捏,再加入冷却的蔬菜,用盐和胡椒调味。

最后搓成幼儿拳头般大小的丸子,用卷心菜叶包起。把完成的十二个卷心菜卷放在锅底,加入番茄酱和清汤同煮。

咕咚咕咚的悦耳声音传入耳中。无论现在多么寒冷,美味食物即将完成。一定可以为你带来温暖。万田留下的锅子轻松自然地欢唱。

"好香……我肚子饿了。"

客厅的门打开了,睡得头发都翘起来的野荣探头进来。

MADA ATATAKAI NABE O DAITE OYASUMI
by AYASE Maru
Copyright © 2020 AYASE Maru
Cover illustration © SASAKI Eiko
All rights reserved.
Originally published in Japan by SHODENSHA PUBLISHING CO., LTD., Tokyo.
Chinese (in simplified character only) translation rights arranged with
SHODENSHA PUBLISHING CO., LTD., Japan
through THE SAKAI AGENCY and BARDON CHINESE CREATIVE AGENCY LIMITED.
本书中文翻译由台湾皇冠文化集团授权使用。

图字：09-2022-1007号

图书在版编目（CIP）数据

还是要抱着温暖的锅子说晚安/（日）彩濑圆著；
王蕴洁译. --上海：上海译文出版社，2024.1
ISBN 978-7-5327-9338-9

Ⅰ. ①还… Ⅱ. ①彩…②王… Ⅲ. ①短篇小说一小
说集一日本一现代 Ⅳ. ①I313.45

中国国家版本馆CIP数据核字(2023)第256741号

还是要抱着温暖的锅子说晚安

[日]彩濑圆 著 王蕴洁 译
责任编辑/吴洁静 装帧设计/胡枫 陈晓菡 插画：SASAKI Eiko

上海译文出版社有限公司出版、发行
网址：www.yiwen.com.cn
201101 上海市闵行区号景路159弄B座
上海盛通时代印刷有限公司印刷

开本 787×1092 1/32 印张6 插页5 字数72,000
2024年1月第1版 2024年1月第1次印刷
印数：0,001—8,000册

ISBN 978-7-5327-9338-9/I·5827
定价：58.00元

本书中文简体字专有出版权归本社独家所有，非经本社同意不得转载、摘编或复制
如有严重质量问题，请与承印厂质量科联系。T: 021-37910000